梅娘文集

【梅娘的生平与创作】
——年表 · 叙论 · 资料

梅娘的生平与创作

　　她正是一支萤烛，虽有点点微光，在民族蒙难的黑暗浓雾中，抱着照亮黑暗一角的豪情，萍硬地运向它青春的笔，励志："烛尽微光，送走生命；烛尽微光，送走生命。"

　　如今随着老之将至，经历了生命中那七实八虚，被生活搞得酸辣组成苦辣俱全的心态，仍然豪情未泯，正时不时地冒出忧国忧民的傻气，甚至还有"该出手时就出手"的率真之情，陆诗人的"僵卧孤村不自哀，尚思为国戍轮台"的情怀一直潜存在她的心底，使那看憨世豪情温暖着生命的尾巴。

　　古希腊人掌灯火去唤作"拉里庆典"创意为"提灯夜游的诗视"，在西欧的十字绣精品中，有一副为拉里庆典造型的小挂件，连个坐在草丛中的小昆虫，装饰着绿绿的奶白翅膀，铺布裳裙，作飞起姿势。而手中提着的那盏小灯，那出点点金光，虽不耀眼，却温情无限。

　　以萤营自况的那就是她的啥是他伟大住的理想，无愧的是：那你在燃尽微光，送走生命。

　　　　梅娘自述
　　　　95年腊月

一脸悲情的惊愕，是什么话题
招惹了她～是一个右派的元凶之
死。她是右派，阿律是右派的兑子
右派是他们极力避开 又时之意外的反
的话题。

　　让右派像蝴蝶一样飞走吧．扇子瑞不动石头，右派的
肉强太强悍了．扇子瑞不去．

到被阿婆的妖语引发了又笑
且笑之不已。

　　笑佛画堂，笑是如花的绽放，人们都是样认
为。到同意。帘外的风景比室内的光影多些风
情。正好读出！

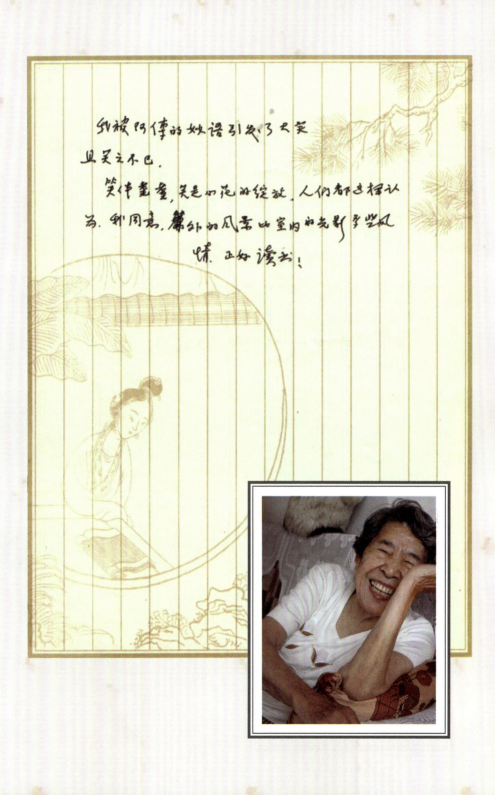

鲁迅先生曾试过：抓着自己的头发，企图使自己脱离地球；是愚加蠢，是自不量力。

邢素有过多次抓着头发打算脱离地球的蠢动，多次！

阿傅捕捉到的这千抓头发的瞬间，她面容微笑详和，头发也并未抓掉，是她时刻图了离地球"的课题！

正像这花笺上的主人娘子一样！你起说不了主意！

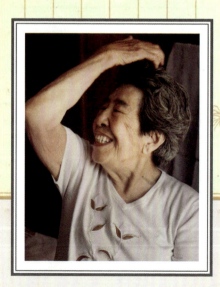

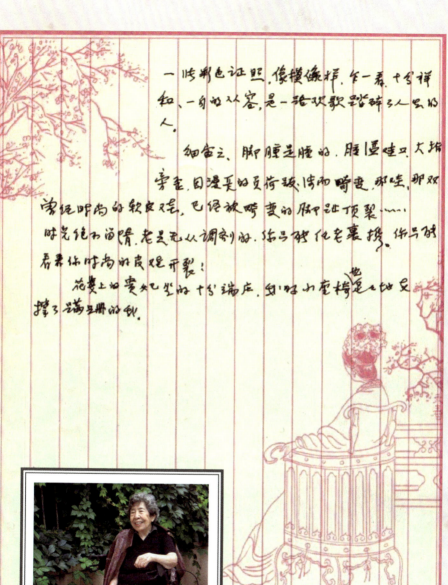

一脸都是证照，像模像样，全一套，十分详和，一句的从容，是一脸欢歌踏碎了人生的人。

细审之，脚踝是肿的，腰椎弯曲大指雾金，因漫长的负荷被情而畸变，那座，那双曾经时尚的软皮鞋，已经被畸变的脚趾顶裂……

时光绝不滴情，老是无从调剂的。你马被化老裹挟，你与我看看你时尚的皮鞋开裂！

花费上如贵妇坐的十分端庄，身下那小皇椅总之她足撑了满五册的秋。

梅娘，原名孙嘉瑞

（1916-2013）

目录 Contents

辑一 年表

梅娘年表简编

陈言 柳青 编

【1916 年】　　10 月 4 日出生于现在俄罗斯境内的海参崴。父亲：孙志远；母亲，华人，姓名不详。2 年后被父亲带回长春，交给长房太太抚养，生母下落不明。

【1921 年】　　随伯父房中的哥哥姐姐在家里念书。延请了三位老师：清朝遗留下来的拔贡秀才教读经写字，一位老教员教数学，一位沙俄老太太教英文。

【1923 年】　　3 月　入长春县立女子小学一年级读书。

【1928 年】　　12 月　从长春县立女子高等小学毕业。父亲开的德昌公司搬到长春头道沟（日租界），家也搬到日租界。

　　12 月 29 日　东三省改旗易帜，张学良通电全国，宣布"遵守三民主义，服从国民政府"，将原北京政府在东北的红黄蓝白黑五色旗改为南京国民政府的青天白日旗。父亲给长春市民送旗，被聘为市参议员。

【1929 年】　　3 月　入吉林省女子师范学校初中班预备班。

　　9 月　入吉林省女子师范学校初中一年级。

【1931 年】　　　秋　"九·一八"事变发生后，从吉林返回长春县家中。父亲关闭德昌公司，在四平街开办了德昌福烧锅。

【1932 年】　　　7 月　在吉林省立女中初中毕业，父亲带领全家旅居大连。

　　　8 月　全家迁居青岛，入青岛圣宫女中读高中一年级。后被石友三派人接全家到济南。即转入山东省立第一女中高中一年级就读。

　　　9 月底　石友三迁住天津，全家也从济南到达天津。在天津耀华学校补习英语。

　　　年底　投考天津慈惠女中，插班到高中二年级。入学两个星期后，因父亲决定带领全家回东北，退学。

【1933 年】　　　随父亲乘火车从天津经沈阳到四平街原为生母营造的小楼居住。

　　　父亲和生病的长房太太回到长春。

　　　长房太太不久病逝，父亲返回四平街，把偏房霍氏从老家范家屯接了过来"扶正"。

【1934 年】　　　上半年　在四平居住。

　　　9 月　考入吉林省立女子师范高中部二年级插班学习，住校。

【1935 年】　　　秋冬　因父亲病故，回乡奔丧，没有参加高中毕业典礼。

【1936 年】

春　回到长春，住伯父孙九明家。在家补习日文，准备到日本留学。因母亲不同意，没有成行。

6月　经吉林女师何蔼人介绍到《大同报》做校对员，与同时进入大同报的柳龙光相识。

9月　诗作《世间》获得"满洲帝国国民文库"第十四次征文新诗一等奖。

11月　短篇《往事》获得"满洲帝国国民文库"第十五次征文短篇小说一等奖。

12月11日　由"新京"（长春）益智书店出版发行第一部著作《小姐集》，署名：孙敏子。吉林女师副校长何蔼人推荐，并写序，国文教师孙晓野绘封面。

【1937 年】

夏　与柳龙光结婚。辞去《大同报》职务，在家写作。

《慈爱的"满洲"大地》获得"满洲帝国国民文库"第廿二次征文新诗奖。

【1938 年】

与四妹孙嘉瑜护送患结核病的三弟孙嘉琦返回四平街探亲。

写作《第二代》。

春　柳龙光升任为《大同报》编辑长。

8月　长女柳航出生。

11月　柳龙光离开《大同报》报社。

【1939年】　　2月　柳龙光考入日本大阪《每日新闻》社，担任《华文大阪每日》记者，梅娘与丈夫同去日本。

　　春　入神户女子艺塾，选修家事课。神户女大家事系的主课是古文学、美学、茶道、花道及外国语（英语、法语还有德语）。

　　6月　次女柳菖蒲出生。

【1940年】　　4月从日本回长春，处理短篇小说集《第二代》出版事宜。

　　5月11日与《华文大阪每日》编辑李雪莹一同由奉天赴日本，住日本兵库县西宫市。

　　10月20日由益智书店出版短篇小说集《第二代》，文丛刊行会编。

　　11月5日至12月6日　柳龙光作为《华文大阪每日》的大陆视察特派员，在中国"沦陷区"旅行一个月期间，写就系列报告文学《和平与祖国》，刊（《华文大阪每日》6卷1期至6期（1941年1月1日至3月15日）

【1941年】　　4月　儿子柳岩出生，三天后夭折。

　　居家写作并发表小说《鱼》《蟹》《傍晚的喜剧》等作品。

　　秋　带小孩返回吉林省长春市

【1942 年】 年初 柳龙光回到北京，去裕振民所在的燕京影片公司任协理，写《杨贵妃》电影剧本。后受龟谷利一邀请，去《武德报》报社任编辑部长。梅娘随后也带孩子到北京。

回京不久，二女儿柳菖蒲染病去世，三个月后大女儿柳航得脑膜炎去世。

期间 3 月至 8 月任《妇女杂志》嘱托（顾问）。孩子去世后，辞去职务，居家写作。

发表《一个蚌》

翻译日本作家丹羽文雄长篇小说《母之青春》，石川达三长篇小说《母系家族》。

【1943 年】 3 月 22 日 三女柳青出生。

儿童读物《白鸟》《风神与花精》等在新民印书馆（北京）出版。

12 月 小说集《鱼》被追加评选为第一届大东亚文学赏选外佳作。

【1944 年】 6 月 四女柳荫出生。

儿童读物《青姑娘的梦》《聪明的南陔》《少女和猿猴》等在新民印书馆出版。

由"华北作家协会"出版短篇小说集《蟹》。

11 月 参加在南京召开的第三届大东亚文学者大会，短篇小说集《蟹》获得第二届大东亚文学赏"次赏"（二等奖）。

居家写作长篇连载小说《小妇人》，《夜合花开》。

【1945 年】　　3 月　翻译的小说《母系家族》在《妇女杂志》连载，长篇小说《夜合花开》在《中华周报》（北京）上连载。

　　6 月　《中华周报》报道，该报接受"华北作家协会"转去的会员梅娘委托，将梅娘所获第三届大东亚文学赏的奖金命名为"梅娘氏奖金"，作为该周报短篇小说悬赏征文奖金；现征文评奖结束，北京大学法学院玑君的《雪止前后》和北京女子第五中学耀星的《白莲》获奖。

　　8 月 15 日　日本宣布无条件投降。

　　8 月 18 日　柳龙光创办《新平晚报》。

　　9 月中　与柳龙光携带二个女儿去北京西北旺大觉寺见中共地下党负责人刘仁。

　　11 月　柳龙光失去《武德报》工作，决定回东北。先到山海关，乘船到营口，再回到四平街。

　　冬　在四平街居住。

【1946 年】　　5 月至 8 月　经中学时代的老师孙晓野介绍，在吉林入国民党新六军四十师所办《第一线》杂志做编辑。

【1947 年】　　4 月　住长春。柳龙光想做卖大豆的生意去上海，后应聘在上海崇德社做职员。梅娘留在长春居家。

【1948 年】　　春　柳龙光从上海到沈阳，时值长春被围困，梅娘带孩子雇胶皮大车前往沈阳，与柳龙光团聚。

　　11 月　全家到上海，暂住柳家的亲戚吴振霖家。

　　12 月中旬　坐轮船到台湾，住台北北投。

【 1949 年 】　　1 月 27 日　柳龙光搭乘从上海驶往台湾基隆港的中联轮船公司"太平轮"，在舟山群岛海域白节山附近与运输船"建元轮"相撞沉没，柳龙光遇难。

2 月　携两个女儿由台湾回到上海。

4 月 6 日　在上海生下遗腹子柳承（孙翔）。

8 月　到北京定居。

10 月　参加北京市大众文艺创作研究会。

【 1950 年 】　　2 月　入北京市私立万字中学（现为北京第 36 中）教书。

【 1952 年 】　　3 月　调农业部农业电影社（后更名为中国农业影视中心）任编辑。到黑龙江、吉林、辽宁去采访农村互助组到合作社到集体农庄的变化。

4 月　在上海《亦报》上连载中篇小说《母女俩》，署名：梅琳。

5 月　在上海《亦报》上连载散文"东北农村旅行记"。

8 月　在上海《亦报》上连载中篇小说《春天》，署名：孙翔。

秋　赴山西省平顺县川底村体验生活。

11 月　在上海《亦报》上发表系列散文"太行山区看丰收"。

在忠诚老实运动中被认定有资产阶级腐朽思想遭批判。

12 月　在上海《新民报晚刊》上发表系列散文"李顺达在西沟村"，署名：柳霞儿，并连载中篇小说《为了明天》，署名：高翎。

【1953 年】　　　4 月　在上海《新民报晚刊》上连载中篇小说《我和我的爱人》，署名：刘遐。

　　　　　　　　6 月　去河南开封，车云山，去山东全国劳动模范吕鸿宾的合作社，并在上海《新民报晚刊》上发表系列散文。

　　　　　　　　7 月　在上海《新民报晚刊》上连载中篇小说《什么才是爱情》，署名：瑞芝。

【1954 年】　　　3 月　开始在香港《大公报》"主妇手记"栏目中上刊登散文、随笔。

【1955 年】　　　5 月　继续在香港《大公报》上刊载散文故事，如"我的女儿怎样拍电影"等。

　　　　　　　　7 月　肃反运动中被审查，交代历史问题、社会关系问题。

【1956 年】　　　评定文艺 11 级，工资每月 84 元。

　　　　　　　　整风运动中被审查。

【1957 年】　　　1-8 月　继续在上海《新民报晚刊》上发表散文。

　　　　　　　　3 月　出版通俗故事《尉迟恭单鞭夺槊》，署名：孙加瑞编写，北京出版社。

　　　　　　　　夏　被划成"右派分子"，在中国农业电影制片厂厂内监督劳动。

　　　　　　　　12 月 2 日　农影厂整风领导办公室上报"大右派分子孙嘉瑞的材料"。

〖1958 年〗　　　　3 月　被定性为反革命分子。

5 月 8 日　农影厂召开了打击反革命分子罪恶活动的全厂职工大会，当场宣布：对孙嘉瑞开除公职、立即押送公安机关实施劳动教养，即被警车押送到北苑农场（新都砖瓦厂）。

在劳教农场被管制劳动，打草喂鱼。后劳教农场为了增加收入，组织劳教人员中的外文专家搞翻译。让梅娘参加了翻译小组，承担日文翻译，并参与其他语种译文的润色工作。

〖1959 年〗　　　　4 月 15 日　14 岁的女儿柳荫在清河福利院因病去世。

〖1961 年〗　　　　10 月 31 日　因患肺结核久治不愈，获准保外就医，遂成为没有固定收入的无业人员。

〖1962 年〗　　　　5 月　宣布解除劳动教养。以做保姆和做手工活为生。

〖1966 年〗　　　　秋　"文革"开始后，被群众专政，由历史反革命升级为现行反革命。接受居住地街道无产阶级专政小组的管制。

〖1969 年〗　　　　9 月 14 日　外孙女柳如眉出生。

〖1971 年〗　　　　7 月 6 日　外孙女胡雁出生。

【1972 年】　　　4 月 6 日　23 岁的儿子孙翔因患肝硬化、脾机能亢进去世。

　　　　　　　　6 月　经共产党北京市东城区委批准。其居住地东四地区革委会在居民大会上宣布给孙嘉瑞摘掉右派帽子。

【1978 年】　　　冬　向原工作单位及上级主管部门提出申请复查，写申诉材料。

【1979 年】　　　1 月 22 日　农业电影制片厂党委宣布在改正孙嘉瑞的右派分子同时，撤销 1958 年 3 月定其为反革命分子以及开除公职的决定。恢复其原级别（文艺 11 级）原工资（84 元）待遇。

　　　　　　　　8 月　因工作去内蒙草原采访，10 月开始在香港大公报上以"柳青娘"为笔名发表系列散文"草原记行"等。

　　　　　　　　10 月　评级别升为文艺 10 级，工资提至 98 元。

【1980 年】　　　继续从事农业科教片的剧本写作，后任农影厂刊编辑。

　　　　　　　　12 月　单位分配给农影厂区的宿舍居住。

【1981 年】　　　因工作去云南、河北采访。写散文在报刊、杂志上发表。

【1983 年】　　　择译日本森本司朗的"吃茶养生记"为《茶史漫话》，由农业出版社出版。

【1984 年】　　升为文艺 9 级，每月工资 111.50 元。

办理退休手续。返聘担任厂刊编辑。

【1986 年】　　2 月　东北沦陷时期女作家小说集《长夜萤火》出版。

6 月 19 日　春风文艺出版社在沈阳召开该书研讨会。有作品入选该书的梅娘与蓝苓、田琳、朱媞等人一起出席会议。

【1987 年】　　11 月　《写在〈鱼〉原版重印之时》一文刊载于《东北文学研究史料》第五辑，在内地首次恢复使用"梅娘"这一在民国时期的文学史上已有一席之地的笔名。

【1990 年】　　返聘六年后结束农影厂的工作。

【1991 年】　　9 月　出席在长春举办的"东北沦陷时期文学国际学术研讨会"。

出席在北京召开的"赵树理文学研究会"成立大会。

出席在北京召开的"萧军作品研究会"。

【1992 年】　　经由郑伯农介绍加入中国作家协会。

7 月　海天出版社出版刘小沁编《南玲北梅》。

【1993 年】　　7 月　在北京家里接待藤井省三、釜屋修等日本文学研究者。

翻译釜屋修写的论述赵树理的专著《玉米地里的作家》。

【1994 年】 　　7 月赴加拿大探亲，逗留一年。这是 1949 年以后第一次走出中国大陆地区。

【1995 年】 　　1 月　台湾《联合文学》推出"梅娘特辑"。

　　4 月　到美国芝加哥、佛罗里达旅行。

　　6 月 20 日　回国。

　　8 月下旬　完成新作，小说《芦苇依依》。

　　9 月　坐游轮游长江三峡。

　　12 月 13 日　应邀在北京外国语大学日本学研究中心日本研究班作讲演。讲演题目为"沦陷区的文学"。

【1996 年】 　　4 月 6 日　出席在北京举办的"华北沦陷区文学暨专著《沦陷时期北京文学八年》学术座谈会"。

　　10 月 22 日至 11 月 2 日　在女儿柳青的陪同下去香港、泰国旅游。

【1997 年】 　　9 月　张泉选编的《梅娘小说散文集》在北京出版社出版。

【1998 年】 　　翻译日本影星乙羽信子的自传体小说《泥泞半生记》。

　　6 月　张泉主编的研究资料集《寻找梅娘》在明镜出版社出版。

　　8 月　中国现代文学馆编辑的现代文学百家由北京华夏出版社出版。范智红选编《梅娘代表作》入选。

　　11 月 26 日　到美国硅谷探亲。

【1999 年】　　5 月　到巴哈马探亲居住。

6 月　到加拿大探亲，居住在女婿的苹果庄园。

8 月 14 日　返回北京。

11 月　司敬雪编选的《梅娘小说·黄昏之献》在上海古籍出版社出版。

【2000 年】　　4 月　与柳龙光家的亲友在友谊宾馆相聚。

8 月 2 日　赴加拿大，拿到永久居民纸。

10 月 4 日　出席加拿大英属哥伦比亚大学举办的"中国沦陷区女性文学"研讨会。

梅娘等著儿童文学《大作家与小画家》，由香港日月出版公司出版。

译著《玉米地里的作家——赵树理评传》由北岳文艺出版社出版。原作为日本中国学家釜屋修。

10 月 31 日　返回北京。

【2001 年】　　2 月 22 日　出席在北京市社会科学院举办的"中、法沦陷时期女性文学座谈会"。

4 月　到加拿大温哥华居住。

7 月 21 日　出席加拿大第五届"华人文学－海外与中国"研讨会。

8 月　由女儿柳青与外孙女胡雁陪同游览美国黄石公园。

8 月 22 日返回北京。

【2002 年】

　　1 月　应邀去日本参加沦陷区文学研讨会。

　　2 月　人民文学出版社出版漫忆女作家丛书之《又见梅娘》。

　　3 月　参加女婿卢堡家族的游轮之旅，乘公主号从天津经日本、韩国到香港、越南、新加坡。

【2003 年】

　　10 月 5 日　到温哥华拿枫叶卡。

　　12 月中旬　旅居美国和巴哈马。

【2004 年】

　　2 月 22 日　返回北京。

　　9 月 8 日至 13 日　应日本"满洲国文学研究会"邀请，赴东京进行学术访问。分别在庆应大学和明治学院大学做演讲。

【2005 年】

　　4 月 13 日　应北京大学博士学位候选人涂晓华的约请，为她的博士论文上海沦陷时期《女声》杂志研究的附录撰写《往事如烟——妇女杂志的记者生涯》。

　　12 月　获国家广播电影电视总局 中华人民共和国文化部颁发的从事电影工作 50 年以上的老一代电影工作者的荣誉证书。

【2006 年】

　　1 月 18 日　荣获《农业影视》2005 年度一等奖。

　　12 月　到上海大外孙女柳如眉家里小住。

【2008 年】　　　1 月 11 日至 2 月 25 日　　由女儿柳青陪同去新加坡小住。

　　4 月 15 至 22 日　　因心脏不适住医院治疗。

【2009 年】　　　4 月　为 60 年前死去的丈夫柳龙光买墓地，在昌平景仰园为其安置衣冠塚。

　　7 月 17 日　收到中国文联为其颁发的从事新中国文艺工作 60 周年的荣誉证书和证章。

【2010 年】　　　1 月　骨折引发高烧住院。

　　3 月　安装心脏起搏器。

　　4 月　由女儿陪同去大连看望小妹孙嘉珍的五个孩子。

　　5 月 3 日　赴美国。喜迎第四代重外孙苏醒尘的出生。

　　8 月 8 日　返京。

　　11 月 28 日　长春市城市文化研究会组织召开座谈会追忆梅娘足迹。

　　12 月 21 日　民进长春市委会恭贺作家梅娘女士九十华诞座谈会在机关会议室举行。长春市民进发文贺梅娘九十华诞。

【2012 年】　　　1 月 14 日　发高烧住北大医院，21 日出院。

　　4 月 25 至 28 日　在女儿柳青陪同下回长春，拜访老家范家屯、吉林女中旧址，给孙晓野老师扫墓。

【2013 年】　　　　3 月 3 日至 30 日　赴新加坡度假,给女儿柳青过 70 岁生日。

4 月 28 日　在家里接待加拿大奎尔夫大学历史系诺尔曼·史密斯教授。

4 月 29 日　出现心力衰竭现象,入住北京 304 医院。

5 月 7 日　上午 10:35 在 304 医院病逝。

5 月 9 日　遗体在昌平火葬场火化。随后在北京景仰园墓地与丈夫柳龙光衣冠塚合葬。

辑二 叙论

二十世纪"长时段作家"梅娘
及其全集的编纂

张 泉

🏛 引言："20世纪中国文学"中的梅娘

所有进入流通（阅读）的文学都是历史的产物，但在生生不息、浩如烟海的作家作品中，能够被文学史观照到的部分极其有限。正是这一近乎苛刻无情的限制，使得文学得以在人类文明史的长河中绵绵不绝、承传有序。这样，如何与时俱进地确认具体作品的价值，进而将作家纳入文学体制，便成了文学史无法回避的功能。

二十世纪是中国文学史上的一个重要时段。1980年代末，针对过去主要依据重大政治文化事件来分割"现代文学""当代文学"的学科分类法、断代文学史撰写法，学术界围绕"重写文学史"问题展开了影响深远的探讨，"20世纪中国文学"就是当年涌现出来的一个新提法。有新近研究在回望那场大讨论时认为，"20世纪中国文学"命题将20世纪从19世纪的鸦片战争算起，延伸到20世纪80年代，长达一百四十年，是一种"长20世纪"，其逻辑是现代化范式。还有一种由革命逻辑推动的"短20世纪"界定法，它始于20世纪初的"五四"运动，终于80年代末。这个时段的文学史大约七十年，是一种基于"革命范式"的"短20世纪文学"。"长"与"短"之间不存在孰优孰劣的问题，对它们既要区分也要加以协调。并且提出，界定"20 世纪中国文学"，首先需要厘清以"现代"（启蒙）、"革命"和"战争"为重要关键词的"20 世纪中国"。①

基于"20 世纪中国"的"长 20 世纪"和"短 20 世纪"这两种文学史方法（时段），的确分立互补，有繁复的对立统一辩证和宽阔的多维互补阐释的空间。需要加以补充的是，在理解"20 世纪中国"的关键词中，还应当添加"殖民"。②活生生的作家作品是抽象文学理论的来源、基础和依凭。梅娘是可以支持或丰富"长""短"二十世纪方法模型的另一类有内容的文学个案之一。

在二十世纪北方女性作家中，梅娘（1916-2013）以作品流通量大、持续时间长而闻名。当然，作家的文学成绩和文学史位置与其作品的数量、流传的频次不一定成正比。有的作家可能凭借不多的几篇便彪炳史册。这主要取决于他们的作品文本的内容融涵，或形式创新。也就是说，需要在定量的基础上确立其独特的定性指标。梅娘的作家生涯有两个异乎寻常、无法复制的特点。

首先，从 1936 年 5 月 20 日在伪满"首都"新京（长春）发表《花弄影》，到 2013 年生前最后一篇随笔《企盼、渴望》在北京面世，梅娘执笔为文近八十载，是"20 世纪中国文学"里屈指可数的"长时段作家"，即创作生命超长的作家。这样，在大时代潮起潮涌的百折千回中，梅娘得以或被动或主动地不断跨域流动，曾置身于多重共

---

① 贺桂梅：《在 21 世纪重新思考"20 世纪中国文学"》，《探索与争鸣》2019 年 9 期。关于西方溢出计时范畴的"世纪"这个概念的形成，及其与中国，见汪晖的《世纪的诞生》（三联书店，2000）等大量论著。

② 对于围绕"殖民"关键词的四种界说，见本文第六章第六节《与殖民相关的"四个维度"研究方法》。

时 / 历时政权（体制）之下，历经过常人很难经历的沧海桑田。这促成了其文学作品的集合，在总体上具有与二十世纪不断搬演断裂与承继的多种语境相关联的独特性。

其次，梅娘以其个人化的文学禀赋将其跨域的人生轨迹幻化在虚构作品里，使得她的文学文本，特别是十四年抗战时期的创作，隐含着复数地域 / 时代符码，具有超越性内涵。

1970 年代末，在与时俱进的重写文学史的历史进程中，梅娘文学作品的上述两个特点终于被文学史家和读书界所注意。时移俗易，到二十世纪末的世纪转换期，梅娘实至名归地进入当代文学体制。难能可贵的是，梅娘的创作从二十世纪延伸到了二十一世纪，也等来了最后被缩编成九卷的《梅娘文集》的面世。

🏛 第一章　发现梅娘

有的时候，要想真切地认识一位"长时段作家"的文学意义，需要等待。民国时期，最早的梅娘评论，可以追溯到 1936 年何霭人为《小姐集》作的序文，[①]最后的两篇，是 1946 年发表的《东北女性文学十四年史》和《读书随感（"贝壳"袁犀著"鱼"梅娘著）》。[②]

[①] 敏子：《小姐集》（长春：益智书店，1936 年 12 月 11 日）。何霭人（1899- ？），留日返回吉林后，任女子师范学校教师、伪满教育部编审。1923 年，曾与穆木天（1900-1971）等人组织新文学社团白杨社。1950 年进入东北师范大学。后被定为"汉奸文人"。1957 年被定为"右派分子"。"文革"中自杀身亡。

[②] 林里：《东北女性文学十四年史》，《东北文学》1946 年 1 卷 4 期；徐仍：《读书随感（"贝壳"袁犀著"鱼"梅娘著）》，《东北文学》》1946 年 1 卷 5 期。

新中国时期，最早注意到梅娘的，是东北 1984 年的《梅娘》词条。[①]中间，整整停顿了三十八年。最近的一篇，是收入《燕山论丛（2022）》的《抗战时期东北首部个人新文学作品集的发现——从寻访梅娘佚文的通信看文化场人情世态》（张泉）。从 1984 年至今，作家梅娘研究也已走过了起起伏伏的三十八年。阴差阳错，一些跨时代作家可能会被激进的代际转换惯性抛离寻常的轨道，但历史上的文学经典最终不会湮灭，文学里的历史写照最终不会间断。

在当代华文文坛，现代作家梅娘这个域名被重新认知的过程，是与中国新时期风雷激荡的拨乱反正运动同步的。

从 1979 年开始，梅娘得以以匿名的方式主要在香港以及上海、北京等地发表、出版随笔和译品。

八年之后，1987 年，署名"梅娘"的长文《写在〈鱼〉原版重印之时》面世，[②]而此前最后一次使用"梅娘"笔名，还是在遥远的四十二年前，即民国时期在北京连载《夜合花开 (31): 望穿秋水》之时。[③]也就是说，在匿名四十二年之后，到 1987 年七十一岁高龄时，得以重新启用"梅娘"署名，进入了又一个创作高产期。伴随着众声喧哗，继续与时代与共；无论真善美假恶丑，直至生命终结人生谢幕。[④]

---

① 《梅娘》，《东北现代文学史料》第 9 辑（1984）。有关梅娘的研究情况，参见《从文 80 载的梅娘和成为研究对象的梅娘》（张泉，《上海大学学报》2013 年 4 期）。

② 梅娘：《写在〈鱼〉原版重印之时》，《东北文学研究史料》第五辑（1987）。

③ 梅娘：《夜合花开 (31): 望穿秋水》，北京 《中华周报》2 卷 34 期（1945 年 8 月 19 日）。

④ 2013 年 4 月 29 日，梅娘身感不适，被送进北京 304 医院。5 月 7 日，停止呼吸。按传统说法，为喜丧。5 月 9 日，在医院告别厅举行告别仪式，随即前往昌平火葬场火化并下葬景仰园墓地。梅娘临终前的情况，见《梅娘：一个时代的代表作家谢幕》（张泉，《中国政协报》2013 年 5 月 20 日）。完整本见《梅娘：怀人与纪事（张泉编，中央广播电视大学，2014）的附录。

在梅娘新时期的复出史上，有一些值得提及的时间点。

1980 年，海外耿德华的专著《被冷落的缪斯——抗战时期的上海北京文学》（哥伦比亚大学出版社）、刘心皇（1915-1996）的《抗战时期沦陷区文学史》(成文出版社)，首次论及梅娘。前者是美国汉学中的中国现代文学学科的奠基人夏志清（1921-2013）的学生。后者是七七事变后曾投身华北敌后抗战实务的一位台湾多产作家。

1987 年，《孙嘉瑞"超然派"的足迹——梅娘小说创作漫评》发表，标志着梅娘开始纳入中国大陆学术研究的范畴。[①]

1990 年，《中国新文学大系》收录了《黄昏之献》（1942）。[②]这对正在回归文坛的"梅娘"以及沦陷区文学的历史定位来说，颇具象征意义。

1991 年，断代分体文学史《中国现代小说史》的第三卷，把梅娘列入《多元探索与袁犀、梅娘、关永吉》专节，认为梅娘的作品与袁犀[③]相似，描写对象多为中下层知识者，"洋溢着人间写实或心理写真的探索文学意味"。《侏儒》《蚌》突破狭隘的爱情题材，"兼备质朴辛辣和疏简清隽的笔致，时露嘲讽，既没有多少女儿气，又不乏女性意识，对玩弄女性的男子极尽椰榆之能事，对社会上的卑弱者致以

① 胡凌芝：《孙嘉瑞"超然派"的足迹——梅娘小说创作漫评》，《东北文学研究史料》第五辑（1987）。

② 梅娘：《黄昏之献》，《中国新文学大系·短篇小说卷·1937-1949》第 4 卷，上海文艺出版社，1990。

③ 袁犀（1920-1979），李克异。沈阳人。1941 年底移居北京。出版有短篇小说集《泥沼》(1941)、《森林的寂寞》(1944)、《某小说家的手记》(1945)、《时间》(1945)，长篇《贝壳》(1943) 和《面纱》(1945)。新时期出版了长篇小说《历史的回声》（1980）、电影《归心似箭》（1981），后者为新时期文艺解冻期的焦点作品之一。学界编有《李克异研究资料》（李士非、李景慈、梁山丁等编，广州花城出版社，1991）

深挚的同情，笔端饱含着热情与哀悯的人道主义情绪"。又提出：也许还不必拿梅娘与张爱玲相比，但她的《蚌》象征着一种别样的生命形式，"为有追求，又受播弄的女性唱了一曲悲凉的生命之歌。"①

1992 年，《南玲北梅：四十年代最受读者喜爱的女作家作品选》出版，收梅娘的《蟹》和《夜合花开》。海外学者王德威、藤井省三、釜屋修等曾及时撰文予以评介。②

1994 年，区域断代文学史《沦陷时期北京文学八年》首次设置梅娘个人专节《梅娘——刚柔相济的独特女性视角》，对一批当年传播较广的小说作了初步的描述。比如，把作家本人未曾撰文说明的三篇联动互文的作品，命名为以女权主义维系的"水族系列小说"三部曲："梅娘的所谓'水族'系列小说《蚌》《鱼》《蟹》以及收在两个中短篇小说集中的《侏儒》等其他作品，以刚柔相济的独特女性视角，展示了人世间的不平和女人的不幸。"并将梅娘与南方沦陷区最流行的女作家张爱玲、苏青作比较，认为梅娘秉承了五四现实主义文学传统，其作品的突出特点是，"博施济众的泛爱胸襟，积极入世的主观视角，非常规化的女性语言。她关注和爱护的是女人，却流泄出对人的关注和爱护。她呼唤和向往的是女人的地位和权力，却流泄出对人的地位和权力的呼唤和向往。这样的品格，无疑与新文学同步并丰富了新文

---

① 杨义：《中国现代小说史》第三卷，人民文学出版社，1991。

② 刘小沁编：《南玲北梅：四十年代最受读者喜爱的女作家作品选》，深圳：海天出版社，1992 年。王德威：《读梅娘的〈蟹〉》，台湾《联合文学》总第 105 期（1993）；藤井省三：「読書ノート　南玲北梅」『文学界』47-6、1993-06（《读书笔记——〈南玲北梅〉》，日本《文学界》1993 年 6 期）；釜屋修：「中国文学あれこれ（27）梅娘――その半生・覚え書」『季刊中国』36．65-76．1994-03（『季刊中国』刊行委員会（《中国文学鳞爪——关于梅娘》，日本《季刊中国》1994 春季号）。

学的总体画面，是沦陷区文学没有空白的又一个例证。"①

1997 年，梅娘在新中国的第一部个人作品专集《梅娘小说散文集》面世。②

1998 年，《梅娘代表作》（范智红选编）入选由中国现代文学馆主持的"中国现代文学百家·代表作"书系的第一批书出版（华夏出版社，1998-2000）。首批入选的沦陷区作家还有台湾的吴浊流，东北沦陷区（"满洲国"）的爵青。华北沦陷区除梅娘外，还有袁犀、关永吉、刘云若、周作人。华中（华东）沦陷区有张爱玲、予且、张资平、程小青、陶晶孙、师陀、李健吾、钱钟书、唐弢、穆时英和柯灵。在这些作家中，爵青、袁犀、梅娘、关永吉、张爱玲、予且六人是在沦陷区文坛达到其文学生涯巅峰的，通常被认为是典型的沦陷区作家。其中女性作家有两位，即南方的张爱玲、北方的梅娘。

2009 年，为褒奖梅娘为新中国文学事业所做出的贡献，中国作家协会颁予她《从事文学创作六十周年荣誉证书》和纪念章。

2012 年，在做了大幅度的补充修订之后，中国现代文学馆二期《中

---

① 张泉：《沦陷时期北京文学八年》，中国和平出版社，1994。当年有一些书评：李洪岩：《中国沦陷区文学史研究的新突破——〈沦陷时期北京文学八年〉简评》，《北京社会科学》1995 年 3 期；舒敏：《湮没的复现——简评张泉〈沦陷时期北京文学八年〉》，《文艺理论与批评》1996 年 4 期；《〈沦陷时期北京文学八年〉漫谈》，《中国现代文学研究丛刊》1996 年 1 期；王凤海：《试析〈沦陷时期北京文学八年〉一书的政治评价——与张泉同志商榷》，《北京市科学》1997 年 4 期；郭伟：《书评·张泉著〈沦陷时期北京文学八年〉》，收录于杉野要吉编著：《沦陷下北京：交争する中国文学と日本文学》，东京：三元社，2000，中文本刊《抗战文化研究》第三辑，广西师范大学出版社，2009。引文选自扩大修订版《抗战时期的华北文学》（贵州教育出版社，2005）。第 315 页。

② 张泉选编：《梅娘小说散文集》，北京出版社，1997。版权页上的印数项，标的是一万册，实际上印了三万。

国现当代文学展》于 5 月 23 日正式对公众开放。其中，沦陷区文学板块做了区域细分，其中的华北地区部分，介绍了张秀亚[1]、梅娘、白羽[2]三人。梅娘再次入展。

除了传统纸媒，电视以及网络等新媒体也有视频访谈，如新浪播客 / 生活频道的《梅娘回忆一生写作历程》（2006 年 12 月 20 日）、CCTV-10 [子午书简] 栏目的《民国的身影——揭秘梅娘》（2010 年第 21、22 期，1 月 20 日、22 日）等。几家致力于口述史的专业机构，如中国传媒大学崔永元口述历史研究中心等，派团队对梅娘做了长篇录像采访。

此外，在梅娘往生后的一次专题纪念研讨活动，值得一提。

2014 年 5 月 7 日，在梅娘逝世周年之际，由人民文学出版社、中央广播电视大学出版社主办的"《再见梅娘》《梅娘：怀人与纪事》新书出版座谈会"暨两书赠书仪式，在中国现代文学馆举行。来自海内外的八十多位作家、学者、文友、亲朋以及媒体记者与会，缅怀和研讨这位跨越二十世纪风风雨雨的"长时段作家"。著作等身的中国现代文学史家吴福辉（1939-2021）作主题报告。他重点分析了梅娘创作的三个主要特点，得出了这样的结论：

> 沦陷区作家的风骨就体现在梅娘身上。她打破了通俗文学和非通俗文学的界限。她的小说有故事、有悬念。特别重要的是，其中始终

---

① 张秀亚（1919-2001），河北沧县人。笔名陈蓝、张亚蓝等。1937 年出版小说集《大龙河畔》。1938 年考入北京辅仁大学，毕业后留校工作。1943 年奔赴重庆，任职益世报社。有十五卷本《张秀亚全集》（台湾文学馆，2005）、六卷本《张秀亚信仰文集》（于德兰编选，天主教台南教区闻道出版社，2019）传世。

② 白羽（1899-1966），原名宫竹心。解放后曾担任天津市文学工作者协会会长。因武侠小说《十二金钱镖》（1938）而一举成名。与还珠楼主（1902-1961）、郑证因（1900-1960）、王度庐（1909-1977）、朱贞木（1895-1955）一起，被并称为现代北派武侠小说五家。晚年从事甲骨文和金文研究。

体现了市民最积极的人生态度。相信中国近现代文学史上一定会有梅娘的地位。[①]

在新中国，在迟至新时期才得以"出土"的民国沦陷区作家中，梅娘无疑是关注度较高的一位。她很快以填补空白的方式融入新编中国现代文学史、中华文学通史。与此同时，她的旧作修改、新作虚构等，以及晚年的怀人纪事文，也引发讨论甚至争议。[②]

商榷是学术研究不可或缺的环节，对于发现"新作家"、重写文学史的系统工程来说，具有积极的促进作用。目前，国内外发表了大量以梅娘为主题或主题之一的研究论文、学位论文和人物传记文等。据截止到 2022 年的不完全粗略分类，评论集有 5 部，评论文章 543 篇，硕士论文 55 篇（其中英文 1 篇），博士论文 19 篇（其中日文 1 篇，英文 7 篇），日文研究著作 9 部，日文期刊论文 34 篇，日文研究项目 3 项，日文译文 4 篇，英文专著、期刊论文 15 项，韩文期刊论文 5 篇，韩文译文 1 篇，网络视频及链接 3 项。感兴趣的读者可以在互联网上、数据库里按图索骥，作出自己的评判。[③]这里不赘。

对于"20 世纪中国文学"中的"长时段作家"梅娘，可以在经历和创作两个层面上加以梳理。

---

① 见桂杰 孙梅雪：《梅娘：在灰暗的人生里找到光》，《中国青年报》2014年 6 月 17 日。10 版。

② 参见张泉的《殖民拓疆与文学离散——"满洲国""满系"作家 / 文学的跨域流动》（北方文艺出版社，2017）中的第十一章第五节《细读门径：以梅娘的当代境遇为中心》。由于当时未能参与校对、核实工作，该书留下了大量差错和疏漏。有需要参考该书的同行，可与我联系（wxszhang@aliyun.com），以便奉上 PDF 版勘误表，以及人名索引。在本文中，凡未注出作者的引文，责任者均为张泉。

③ 见九卷本《梅娘文集》附录卷《梅娘的生平与创作——年表·叙论·资料（张泉）》中的《梅娘研究索引》（庄培蓉、彭雨新、朴丽花、张泉编）。

🏠 第二章　"长时段作家"梅娘：环境与经历

梅娘生长于中国关外的东北地区。那是她魂牵梦萦的"慈爱的满洲大地"，她的生死恋。[①]也是她毕生"铭记的事物"的聚集地，她的创作灵感和写作题材的源泉。

东北地广人稀。以黑龙江地区为例，到十九世纪中叶，住民总数不过一万一千人，主要以游牧狩猎为生，丰饶的自然资源，远未被开发利用。早期西方列强的入侵，旨在强取豪夺，蚕食主权国家中国的领土。所谓自然生态被破坏，那是一百多年以后，资本主义现代工业形成产业规模、人口暴增之时，才出现的。想当然的将自然生态问题前置，既有违欧洲中心主义的殖民主义及其带动下的工业化现代性的实际生成演化进程，也转移、至少淡化了殖民/反抗殖民这一主要矛盾。[②]

早在 17 世纪中叶，武力拓展西伯利亚及远东地区殖民事宜的沙

[①] 在新中国成立 70 周年之际，梅娘的诗作《慈爱的满洲大地》（1937）首次结集面世，时间滞后八十二年。该诗收入《铭记的事物一概来自长春——梅娘八十载写作生涯文选》（张泉选编，长春出版社，2019）。对于这首诗的扼要阐释，见本文《第五章"长时段作家"梅娘：其他体裁作品》。

[②] 比如，批评伪满"俄系"作家拜阔夫（1872-1958）早年曾猎杀东北虎（王劲松：《流寓伪满洲的白俄"虎人"作家拜阔夫》，《新文学史料》2009 年 4 期），破坏东北的自然生态，就是一例。这是在用现在的环保观念来错解一百多年以前的日常生活。在那个世代，猎户就像现在的渔民一样，是谋生职业之一。随着人类活动愈益挤压野生动物的生存空间，迟至 1950 年代，禁止猎杀老虎的问题才提上议事日程。具体到东北虎，1962 年 9 月 14 日，中国政府将其列入野生动物保护名录。有文献显示，1973 年，中国开始控制捕猎各类野生老虎。1977 年，全面禁止。参见 Lu, H. & Sheng, H. (1986). "Distribution and status of the Chinese tiger". In Miller, S & Everett, D. (eds.). *Cats of the World: Biology, Conservation and Management*. Washington, DC: National Wildlife Federation. pp. 51-58.

俄军队，不远万里，越过了外兴安岭，到达清朝治下的黑龙江流域。1652 年，最多时有数以千计的清朝军民，开始反击入侵者。到 1689 年，屡吃败仗的俄国不得不派遣使团来到尼布楚，在城外与清政府签订了划分中俄边界的《尼布楚条约》。① 这是中国与欧洲近代殖民列强签定的第一个国际条约，文本中出现了"中国""中国人"字样。这昭示，因为这场国际地缘（领土）冲突，中国、中国人语词以国际条约的形式成为华夏主权国家及其人民的专称。秉承"普天之下，莫非王土"的大一统天下观（世界观），以及实施模糊多样的朝贡体制（宗藩关系）的超级封建王朝，开始有了现代疆界认知。

一纸国界契约并不能阻止沙俄得寸进尺的殖民脚步。通过 1859 年的中俄《瑷珲条约》、1860 年的《北京条约》，俄国进一步割占了外兴安岭与黑龙江之间的外东北大片土地。1896 年的《中俄御敌互相援助条约》（《中俄密约》），又使得沙俄获取了修筑中国东方铁路的特权，② 殖民势力渗入东北。随着铁路交通大动脉的全面开工，到 1900 年 7 月，俄国在满驻军增至十五万人，事实上控制了东北三省。1901 年，为遏抑"俄人独吞满洲"，晚清重臣、洋务派代表人物张之洞（1837-1909）电奏清政府："莫如将东三省全行开放，令地球各国开门任便通商，所有矿务、工商、杂居各项利益，准各国人任便公享，我收其税。"其依据是："查东三省土地荒阔，物产最富，凡矿务、

---

① 尼布楚在中国蒙古族游猎地之内，俄军占领后改称涅尔琴斯克。中国使团首席代表索额图的头衔是"中国大圣皇帝钦差分界大臣议政大臣领侍卫内大臣"。《尼布楚条约》有拉丁文、中文、俄文三个文本，以拉丁文为准。并勒石立碑，碑文使用满、汉、俄、蒙、拉丁五种文字。

② 中国东方铁路，也称东清铁路、东省铁路，1898 年动工，1903 年全线竣工。干线从满洲里（西接俄国赤塔）到绥芬河（东接俄国海参崴）。支线从哈尔滨至旅顺口，途经长春、沈阳。全长近 2500 公里，呈 T 型。后称中东铁路。日俄战争后，日本一步一步攫取了东北的铁路线。

工商诸利，若不招外国人开辟，中国资本、人才断难兴办。"①中国的另一个近邻日本帝国，很快在蜂拥而至的殖民列强中上位。

1904 年 2 月 8 日，挑战沙俄的日本偷袭了驻扎在旅顺口的俄国舰队，日俄战争爆发。衰败的清政府却只能屈辱地宣布保持中立。获胜的日本通过签订日俄《朴茨茅斯和约》（1905），攫取了大连、旅顺、奉天（沈阳）等地。日俄殖民争夺战结束了俄国在东北的一家独大，形成日本控制东北的南部、俄国控制北部的殖民地域格局。

早在 1894 年，日本战胜驻扎在朝鲜的清军，终结了中国与朝鲜之间的宗藩关系，朝鲜转而成为日本的"保护国"。到 1910 年，直接将朝鲜并入日本。这些为日本日后实施割据中国东北全境，入侵中国内地，进而称霸东亚的大陆政策，做了准备。

沙俄以及后来的日本等帝国在开发劫掠的同时，将近代西方物质、文化文明带到东北。东方小巴黎哈尔滨摩登，新京（长春）帝都现代，满铁亚细亚号特快列车……成为苦寒边地东北超前进入世界一体化的殖民现代性招牌。②巅峰时期，东北三省对外开放的城市曾占到全国的三分之一，就连中等规模的城市，也设有外国领事馆。地域意义上的中国东北部边疆"东北"，对主权国家中国的意义越来越重要，逐步成为东亚殖民 / 反殖民以及中国专制割据 / 民主共和 / 人民民主之间激烈对抗、冲突的最前沿之一。

东北是统治中国长达 268 年的大清王朝（1616-1912）的龙兴之地。建政伊始，为封存满族根据地的传统社会，入主北京的清朝满族统治

---

① 《张之洞致谨陈俄约救急之策电》，王彦威、王亮辑编：《清季外交史料（9）》，湖南师范大学出版社，2015，第 4802 页。

② 参见《殖民拓疆与文学离散——"满洲国""满系"作家 / 文学的跨域流动》引言二中的《（一）研究"满洲国"的理由》。

者曾严禁关内住民移居关外东北。随着清朝大一统政权的稳固，关内人口的激增，特别是近邻沙皇俄国、日本对于东北的殖民蚕食愈演愈烈，以及晚清一批有识官员积极推动"移民实边"政策，落伍的东北皇家禁地不得不睁一只眼闭一只眼，事实上打开了对关内封闭的藩篱。大量内地人的不断流入，为东北输入了人口生力军。

梅娘的祖辈就是清末闯关东移民大军中的成员。一个"闯"字，道出了茫茫迁徙路上，磨难与生机同在。

在中国内地，1911 年 10 月 10 日，武汉爆发旨在推翻清王朝、建立共和政体的辛亥革命。1912 年元旦，孙中山（1866-1925）在南京就任中华民国临时大总统。2 月 12 日，北京的隆裕太后（1868-1913）代替六岁的溥仪（1906-1967）皇帝颁布《退位诏书》，"将统治权公之全国，定为共和立宪国体"。

在关外东北，周旋于内外各种势力之间的奉系首领张作霖（1875-1928）强势崛起，最终在各路武装团伙中脱颖而出，成为东北王。1922 年 4 月，他进军关内，参与逐鹿中原的军阀混战。第一次直奉战争失败后，撤回东北，自任东三省保安总司令，宣布东北自治。1924 年 9 月，张作霖再次出关远征内地。第二次直奉战争获胜后，在北京就任第 32 届北洋军政府陆海军大元帅。1928 年 1 月，蒋介石发动"二次北伐"，联合冯玉祥、阎锡山、李宗仁等部，于 5 月打到北京。6 月 2 日，在各方的逼迫下，张作霖宣告"退出京师"。中华民国史上的北京北洋军阀统治时期终结。6 月 4 日，由北京开出的张作霖专列到达奉天（沈阳）皇姑屯火车站时，遭到日本驻军的暗算，路轨爆炸火车颠覆，张作霖当日不治身亡。7 月，继承人张学良（1901-2001）毅然通电全国：服从国民政府，改易旗帜。10 月 10 日，整顿后的国民党政府再次在南京成立。12 月 29 日，东北废止原北京北洋军政府时期的红黄蓝白黑五色旗，改用南京国民政府的青天白日旗。至此，中国的内战"北伐战争"正式结束，外患促使中国在形式上真正实现了以南方为中心的南北统一。

梅娘的父亲在东北易帜时，曾公开表达自己的政治立场。①

三年后，1931 年，日本悍然发动侵占东北全境的九一八事变，石破天惊地打破了中国形式上的统一，拉开了中国十四年抗战的序幕。日军把蛰居天津日租界的溥仪挟持到东北，企图链接、利用清朝的历史资源，来掩饰其根本无法掩盖的"新国家"傀儡政权的性质。1932 年 3 月 9 日，溥仪在吉林新京（长春）出任日本一手炮制的伪满洲国的执政。东北稳固之后，②日军进而于 1937 年在北京策动震惊中外的七七事变，加快侵占中国内地的步伐。在中华民族面临生死存亡的这一紧要关头，中共力促的第二次国共合作以及抗日民族统一战线形成，全国抗战爆发。1939 年武汉会战后，中日双方进入相持阶段。日本在中国内地占领区炮制出南京汪精卫"国民政府"（1940）。它与台湾割据地（1895）、"满洲国"（1932）一起，形成了日据区的三种不同的殖民体制。③

---

① 见陈言、柳青编：《梅娘年表简编》。

② "日本人控制下的满洲工业从 1936 年起迅速增长，至少到 1941 年为止。"在这个时期内，矿业、制造业、公用事业、小型工业、建筑业等广义的工业，"每年以 9.9% 的比率扩大"，远远超过 1924 至 1936 年间的 4.4%。"工厂工业的增长甚至更快，结果是，占中国总人口 8-9% 的满洲，工厂生产额几乎占 1949 年以前全国总生产额的 1/3"。费正清主编：《剑桥中华民国史·1912-1949 年·上卷》，杨品泉等译，北京：中国社会科学出版社，1994。第 57 页。

③ 详见本文第六章第六节《与殖民相关的"四个维度"研究方法》。

失道寡助。日本殖民者因地制宜的殖民体制，挽救不了不仁不义的侵略战争必然失败的厄运。1945 年 8 月，中国人民抗日战争暨世界反法西斯战争最终获胜。随后是三年内战。蒋介石国民政府败退台湾，中华人民共和国于 1949 年 10 月 1 日在北京成立，开启了中国共产党建设具有中国特色社会主义统一国家的跋涉。

梅娘在民国时期生活了三十三年，新中国，六十四年。或耳濡目染，或身在其中，亲历了以上大部分阶段（时间）/ 区划（空间）。她的作品与时代互证，留下了客观的遗存、记忆。还有主观的好恶、乡愁。

作为东北富贾的庶出女，梅娘出生于已经割让给沙俄的海参崴，俄国称其为符拉迪沃斯托克。生长在华洋杂处的长春西三道街大道，从小在"神的、人的、东方的、西方的缤纷色彩"中熏染。①1932 年 7 月，在完成吉林县吉林省立女子中学校初中的学业之后，随家人经大连、青岛前往济南、天津，会见父亲的朋友如军阀石友三（1891-1940）等。1932 年 9 月 3 日下午五点多，奉系军阀张宗昌（1881 -1932）在济南火车站遭暗算被枪杀时，放学搭乘人力车的梅娘正巧路过，曾在混乱中仓促下车躲避。到 1933 年底返回东北。期间，在青岛女中，济南山东省立女中，天津圣功女中，都上过几个月的学。1934 年 9 月，考入吉林省立女子师范学校高中部二年级。高中一毕业，梅娘就开启了自己的职业写作人生，很快成名于伪满文坛。而后，侨居日本大阪，又前往北京。抗战胜利后往返于东北和北京。1948 年底经上海赴台湾，客居台北北投。1949 年初，丈夫柳龙光搭太平轮从上海前往台湾基隆港，中途遇震惊两岸的沉船事故，史称"太平轮海难"。1949 年 2 月，梅娘携两女返沪处理善后事宜。诞下遗腹子。7 月，上海解放。京沪

---

① 梅娘：《长春忆旧》，《吉林日报》1992 年 5 月 9 日。

铁路一通车，立刻举家北上。1950 年入职北京私立万字中学（后改称北京市第 36 中学），1952 年调农业部农业电影社。在挨过了一场场政治运动和劳改之灾后，于 1978 年获得平反，返回原单位。延聘至 1990 年七十四岁时退休。曾游历世界多地，拿到了加拿大永居证枫叶卡。而最终梅娘还是选择回国，孤老第二故乡北京……她在人生旅程中的不同留住地，与在地文化界以及所居住社区的居民，有着广泛的交往。

梅娘的主要亲属也颇具传奇色彩。

父亲孙志远（孙九荣，1889-1935），原籍山东招远。幼年随家人手提肩担走到地广人稀的长春县，落脚城郊范家屯孙家店（现改称凤响村）务农。十二岁出头到英商卜内门洋碱公司当杂工小役。在俄国道胜银行长春分行做学徒时学会俄文。十七八岁前往海参崴中国领事馆当翻译。后来去中东铁路做事，借着工作方便，买下了佳木斯、牡丹江几处荒山野林。辞职后在长春创办德昌实业公司，经营木材。又在四平街（今四平市）日租界租用了大块地皮开设德昌福烧锅，主营做酒，兼营打油、制米、锯木等。工厂装有摩电机，使用电力驱动机器。始于四平的四洮铁路从 1917 年 4 月到 1923 年 7 月，分两期全线完工。第一期，从四平街至郑家屯。第二期，延长至洮安（今洮南）。在铁路施工期间，孙九荣从四洮铁路铁道管理局那里购得一个道岔的永久使用权，修筑了一条从火车站直达德昌福大院的专用短程铁路。[①]凭着机敏和时运，在东西方新老殖民宗主国生死博弈的夹缝里，他最终成为东北大地上的知名民族工商业家，神话般的跻身于政经圈。日本占领东北后，山林被没收。他带领核心家庭成员离开长春，在大连

①孙嘉瑞：《"本人交代"孙历字第四号（孙的历史情况七月十五号写）》（19550715）。

滞留一个月，又转往关内。一年半后，因伪满金融管控收紧，家乡的资金无法汇到关内的天津，日常开销难以为继。遂举家返满，住到四平街，由他本人亲自打理德昌福烧锅的产销业务。两年后，孙九荣突然病故。大家庭迅速解体衰败，神话戛然而止。这些在梅娘沦陷时期的早期作品中，就有大量或事无巨细，或含蓄隐晦的描述、映射。在梅娘的"水族系列小说"三部曲之三《蟹》里，中学生玲自陈，"事变粉碎了"她去关内读北平大学的梦想，[①]就也与学费无法寄达北京有关。

柳龙光（1911-1949），北京人，满族。笔名系己、红笔等。就读北京辅仁大学数理领域的专业。1933 年毕业后，投奔在伪满新京市政府总务部门任职的父亲，得以入职盛京日报社。日本当初在东北炮制"满洲国"时，打出的是清朝废帝溥仪的旗号，一批追随溥仪的清遗民陆续来到东北参政。这实际上只是日本占领者开启殖民统治的一种权宜之计。待伪政权的运行基本稳定之后，清遗民就失去了利用价值，遗民们复辟"后清"的春秋大梦破灭。1935 年 5 月 21 日，"满洲国"国务总理郑孝胥 (1860-1938) 再次提出辞职时获准，伪满内阁成员大换血，就是标志性事件之一。[②]柳龙光的父亲弃官从长春返回北京，很可能与这一变局有关。柳龙光则留了下来。他办理了停薪留职手续，赴日留学一年多，在 1936 年获得东京专修大学经济学部的毕业证书。[③]

---

① 梅娘：《蟹》，日本《华文大阪每日》7 卷 5 期 -12 期（9 月 1 日 -12 月 15 日）。

② 参见《殖民拓疆与文学离散——"满洲国""满系"作家 / 文学的跨域流动》的第一章第二节《满洲国》。以及张泉的《台湾日据期精英的跨域流动与地方世界的新视域——以新竹风云人物谢介石为中心》中的四《"问谁能唤雄狮起"——从追随废帝的复辟梦到跻身满洲国内阁》，收入陈慧龄主编：《竹堑风华再现——第三届台湾竹堑学国际学术研讨会论文集》，台北：万卷楼，2019。

③ 参见冈田英树：《〈白兰之歌〉原作·影画·翻译（未定稿）》，1998 年 5 月 31 日。梅娘的说法是，"在明治大学学了一年多"（19550715）。

而后，曾在日据区多地执掌报刊、文艺组织，对北方沦陷文坛有重要影响。他的意外亡故，留下了一些至今有待探究的历史谜团。①梅娘有关柳龙光的扼要讲述，多见于1980年代获得彻底平反之后发表的怀人纪事文。

梅娘晚年仅存的大女儿柳青品学兼优，曾在1950年代的电影中饰演"祖国的花朵"，②后因家庭历史问题人生跌宕。改革开放之后远嫁较早来华投资的北美房地产商，也由电影导演先后转行出版人、作家、投资人等。

一双孙女移居北美，成为新时期的新移民。

三个重孙在异国他乡出生……

梅娘及其家族成员的移动的历史，二十世纪"长时段作家"梅娘在不同时期／地域所留下来的大量的文字记录，与中华大地百年来的变局、战乱、转型、开放同步。凡此种种，聚合在一起，融涵了和折射出世纪转折期长春、东北、北方、中国、东亚乃至世界的百年演化史，多彩斑斓又复杂错综、迷离扑朔，充满张力，是不可多得的"从一个人看一个时代"的典型抽样个案。放在正在兴起的文学地图学领域，梅娘的行旅是考察地域／区域／国家／东亚文学地理与文学地图之间的关联的绝佳的个人轨迹。

---

① 关于柳龙光，详见张泉的《华北沦陷时期の柳龙光》（杉野元子译），收入杉野要吉编著的《沦陷下北京：交争する中国文学と日本文学》（东京：三元社，2000）；《殖民拓疆与文学离散——"满洲国""满系"作家／文学的跨域流动》的第八章第一节《柳龙光与弘报新体制期的〈大同报〉》、第二节《"华每"及"华每"时期的柳龙光》，第九章第一节《武德报社的转型与柳龙光》，第十章第二节《柳龙光与日据区文坛政治》。

② 参见云凤：《我的女儿怎样拍电影》，香港《大公报》1955年5月1日、3日至13日。

🏛 第三章 "长时段作家"梅娘：文学生涯分期

梅娘的文学写作生涯大体上分为隔断清晰的五个阶段。

第一个阶段，1936 年到 1945 年，十九岁至二十八岁，大约十年。

为满系文学、满系离散文学的代表作家之一。[①] 短期担任过报纸校对、编辑以及杂志顾问。基本上专职写作。以小说家名世。出版有新文学作品集四种，以及大量的儿童读物单行本。署名主要有玲玲、孙敏子、敏子、芳子、莲江（存疑）、梅娘等。

第二个阶段，1950 年至 1957 年 8 月，三十三岁至四十岁，八年。

使用梅琳、孙翔、高翎、刘遐、瑞芝、柳霞儿、云凤、落霞、王嵩、白芷等笔名，以及鲜为人知的小名孙敏子，在上海、香港等地发表了大量作品，包括长短篇小说连载以及报告文学、散文随笔等。也为北京、上海、辽宁等地的美术出版社，编写了大量中外文学名著连环画的文字脚本。还出版有通俗故事单行本。

第三个阶段，1958 年秋至 1960 年冬，41 岁至 44 岁，接近三年。

在北京北苑农场期间，被选入由劳改人员组成的翻译小组，承担日文翻译，也参与其他语种译文的文字润色工作。匿名。[②]

[①] 需要注意的是，在伪满，在日本炮制的所谓"五族协和"殖民宣教中，原本放在首位的汉族被模糊化，汉族以及满族等中国其他各族，除蒙古族外，多被称作满人，汉语被称作满语。这样，中国人、日本人、朝鲜人、苏俄人作家被约定俗成地称作满系、日系、鲜系、俄系作家。此为约定俗成，不含价值评判。

[②] 北京劳改系统重视发挥劳教人员外语技能的举措，很可能源于也是"满系"离散作家的张露薇（1911-1994）的建议。参见刘训练、孟庆曦：《张露薇·贺知远·张文华》，《新文学史料》2022 年 3 期。

第四个阶段，1979 年 6 月至 1986 年，六十二岁至七十岁，大约八年。

获得政治平反恢复公职后，在香港和上海、北京等地发表随笔和短小的译文。出版有译著。署用柳青娘、孙家瑞以及本名孙嘉瑞（孙加瑞）。

第五个阶段，1987 年至 2013 年，七十一岁至九十六岁，大约二十七年。

开始恢复使用梅娘笔名。以散文随笔写作和翻译为主。出书十五种。

在梅娘的这五个创作阶段中，最重要的是民国、新中国初期和 1987 年以后这三个创作阶段。在编纂梅娘全集的过程中，前两个阶段也是辑佚最多的时段。

在梅娘近八十年的写作生涯里，还有两个文艺创作的空窗期。第一个空窗期从抗战胜利到 1949 年，[①] 第二个，1961 年至 1978 年。特别是第二个空窗期，长达十八年，梅娘的身份为劳动改造中止后的社会无业人员。

在"文革"时期的上山下乡运动中，清华大学附属中学学生史铁生（1951-2010）响应号召，曾远赴陕北，落户延安农村。他很早就与梅娘相熟相知。1972 年因残疾返城后，尝试过各种谋生方式都不理想。

---

① 移居吉林后，在主编国民党新六军四十师的杂志《第一线》期间，梅娘曾撰有《光荣将士新十四军访问记（庞将军和记者的一问一答）》《酷暑中，聆梁主席畅谈省政民生》等文。见吉林《第一线》（半月刊）1 卷 1 期（1946 年 7 月 16 日）、1 卷 2 期（1946 年 8 月 1 日）。参见《殖民拓疆与文学离散——"满洲国""满系"作家／文学的跨域流动》第十章第二节中的《第五，战后的柳龙光及其评价问题》。第 349 页。

他在绝望中转向文学创作时，曾受益于梅娘不经意间的只言片语的点拨。成名后的史铁生回忆说："又过了几年，梅娘的书重新出版了，她送给我一本，并且说'现在可是得让你给我指点指点了'，说得我心惊胆战。不过她是诚心诚意这样说的。她这样说时，我第一次听见她叹气，叹气之后是短暂的沉默。那沉默中必上演着梅娘几十年的坎坷与苦难，必上演着中国几十年的坎坷与苦难。往事如烟，年轻的梅娘已是耄耋之年了，这中间，她本来可以有多少作品问世呀。"[1]

往事不可追。事实是，在与梅娘同时代的民国时期的作家中，因无法适应和跟上时代转换，有一大批人在新中国终止了文学创作。[2]与他们相比，在数不尽的艰难困苦和绝望屈辱中，梅娘还是跟上了形势，四次现身有中国特色的社会主义文学场域，或华文文学场域。她勉力为文，在不同的阶段都有拓展性的文学创作，算得上是其中的与时俱进者，勤奋者。也是佼佼者。

人类史是人的历史。聚合了深广社会时代内容的个人史，会大大丰富平面化的历史——教科书类型的标准化历史。从作品扩展到作家错综复杂的身世和风云变幻的环境，梅娘及其家族史的独特之处在于，历时／共时的跨度均异常宽阔。这样的作家在"20 世纪中国"并不多见，是探讨和佐证 19 世纪末至 21 世纪初中国乃至东亚的跨世纪变迁史的难得的作家传记个案，值得加以梳理和探究。

---

[1] 史铁生：《孙姨与梅娘》，《北京青年报》2001 年 5 月 22 日。史铁生所说的书，为《梅娘小说散文集》。

[2] 参见张泉主编：《当代北京文学》上卷第一章第三节《当代北京的人文环境与文学的演化》，北京出版社，2008。

🏛 第四章 "长时段作家"梅娘：小说散文

第一个创作阶段：民国时期（1936-1945）。

民国时期之所以重要，是因为梅娘这一时期的三部小说集《第二代》（1940）、《鱼》（1943）和《蟹》（1944）中的多数作品，进入了中国现代文学馆编印的"中国现代文学百家"中的梅娘卷（1998）。也是迄今的相关研究所依据的主要文学文本。

在这个阶段的作品里，日俄殖民争夺战对东北社会生活的影响，以及日本的军事入侵和殖民统治所带来的创伤和苦难，虽是若隐若现，却无处不在，是一个挥之不去的沉重背景。她的小说描写殖民地的家族史、知识男女的生活史，以及底层民众求生的艰难、卑劣人物的可恶，而着墨最多的还是战乱中的妇女形象，藉由她们的坎坷和不幸，呼唤性别平等和女性权利。主要发表在《大同报》上的散文，生动记录了梅娘的成长环境、人情世态、个人情感。

可以以 1940 年为时间点，将梅娘沦陷期的小说创作分为前后两期。

在前期的小说中，有一部分直露地展示"满洲国"的丑恶、颓败、赤贫面。《第二代》（1938）一开篇就直奔现实真实："妈说没米啦，爸又病着，剩的三角钱还得拿着去买药，把一个空铁罐拴上绳交给二姐，又把包破棉花套的面袋交给我，叫我们去要点来吃吧！"与人物的经济状况相一致，语言粗鄙，以及大量需要作者自己加注的地方俗语，营造出有着鲜明地域特色的在地性。《六月的风》（1938）中的暗门子王寡妇，在家中接客时嫌贫爱富，引发血案。《花柳病患者》（1938）写劳力者染性病就医时遭遇的羞愧与尴尬。在《迷茫》（1940）中，小姑娘英的爸爸是赌徒，长年晚上不着家。妈妈与大爷私通，维持着家用，还另有情人。遂酿成家庭惨剧。而成人世界种种无奈和不端行为的后果，都落到了无辜年幼的下一代身上。

另一类小说关注女性自身的问题以及妇女的社会问题。《时代姑娘》（1938）写虚荣大龄女青年在自由恋爱和父辈撮合婚姻之间举棋不定，结果是两头落空，受到伤害。在《最后的求诊者》（1938）里，诊所下班前，来了一位女病患，陪同的"男人穿着和服也可以说是睡衣样的大布衫"。小说暗示女人是鸦片吸食者。《落雁》（1940）侧重心理分析。一位渴望异性和婚恋的大龄女教师李雁，意外遭一名醉酒教师性侵。可是，这位教学效果不佳的男教师仅被记过，正牌女教师李雁反被除名。原来，这个突发事件解决了校长的一个难题：与校长关系暧昧的女人推荐了一名教师人选，借此机会，这位被推荐者名正言顺地取代了薪资较高的李雁。这样，校长就既还了人情债又节省了经费，一举两得。而学校的教学质量则置之度外。一切看似顺理成章，却道出了道貌岸然的教育机构普遍存在的校园政治潜规则。

这就是梅娘笔下的社会众生相。这些作品因其真实的殖民地书写而具有文学的揭露社会阴暗面的批判力量。

第一个阶段的前期小说中，未曾结集的有 1936 年发表的《不期而遇》《我与孩子》《梅子》《往事》，1937 年发表的《忆》《小别》，1938 年发表的《小宴》《归乡》《妈回来的时候》，以及 1939 年发表的《五分钟的光景》等。它们显然属初期的尝试之作，篇幅短小，内容也单薄。比如《小宴》写小女生毕业两年后的聚会，依旧喧闹嬉戏。《五分钟的光景》写新住户家里的女主人，受到穿制服的恶人的诈欺。其中仍有值得注意的篇什。比如，不足八百字的《妈回来的时候》，讲述了一个如何处理五个鸡蛋的悲凉故事，其讽刺的矛头，直指外来的殖民者所吹嘘的"新天地"。

1940 年以后，梅娘的写作技巧趋于成熟，小说创作进入巅峰期。

《侏儒》（1941）是最成功的篇什之一。小说仍以惯常的第一人称叙事视角，讲述了"我"在房东家所经历的灵魂震颤。房东家的油漆店里的小徒弟，看上去十一二岁，每天呆痴木讷地拎油漆桶。后来得知，他已经十六了，是房东与一贫穷的美丽姑娘姘居所生。房东太太跑去一顿毒打，致使怀二胎的姑娘小产丧生。太太勉强留下了孩子，却不把他当人看。原来，这个侏儒纯系人为虐待所致。作品没有止于同情与怜悯，腹诽与嫌恶，而是别具只眼，还写了这个小家伙的天性。他在"我"的窗外探头探脑，遭到女仆的敲打嘲弄。我在屋外窗台上放了饺子供他食用。有一天"我"生病一人在屋，他一反从不搭理人的常态，径自闯进屋来，拿"我"的手摩擦他的腿部。"我"本能的过激反应一下子就把他吓跑了。等回过味来，"我"既觉得好笑又感到内疚。但是，当"我"让丈夫第二次把饭菜送给这个古怪的"我的爱人"时，他却飞起砖头砸"我"丈夫。在故事的结尾，"小侏儒"被疯狗咬死了。众人均漠然置之，而"我仿佛看见一颗亮的星坠下来，坠下来变成一块石头，一块被大家恶意地践踏得成了一个四不像的东西。"作品意在揭示，"在关心和爱抚的人际关系和氛围中，一个被非人的环境造就的痴呆愚拙的畸形人，也能焕发出常人的爱恋与嫉妒这些基于'食、色'本性的人类一般情感。于是，私生子那'浪漫'的插曲并非只是低俗的噱头。正是这一笔，在丑中发掘出美，在非人中发现了'人'，以悲愤忧闷的曲调，为被无情践踏的人的尊严与价值，唱出了一曲惨绝人寰的哀歌，大大增强了作品的揭露力量，同时也将现实主义的开掘推进到心理的和人性的层面之上。"[①]

以情节安排的精巧见长的《旅》(1942),恬淡地讲述了叙事主人公"我"在火车上耳闻目睹的一幕活剧。在不知不觉之中展现出,形形色色的婚姻、家庭悲剧的重压,都落在了孤立无援的柔弱女子身上。

1941 年发表的《鱼》《蟹》和 1942 发表的《一个蚌》,[②]虽然在情节和人物方面没有直接的连续性,但满洲大家庭的兴衰史和女人的命运史书写,以及女性的抗争和共通的女权主义批判意识,将三篇小说有机地连接在一起,可以将其称作"水族系列小说"。

《蚌》的女主人公梅丽,是东北一位赋闲显宦巨贾的庶出女。在家族内部,她成了大家庭倾轧争斗的牺牲品。在社会上,她所服务的税务总局的同事心怀叵测,设下圈套败坏她的名誉,逼她就范。孤立无援的梅丽发出了惊世骇俗的呐喊:"与其卖给一个男人去做太太,去做室内的安琪儿,还不如去做野妓,不如去做马路天使"。她终敌不过家庭和社会的双重挤压,在心灵和肉体遭到重创之后,绝望地发出了终极诘问:"什么地方有给女人留着的路呢?"软体动物蚌的生存能力脆弱,标题"蚌"隐喻处于弱势的青年知识女性的生存状态,正如系己在小说开篇处的题记所云:"潮把她掷在滩上 / 干晒着 / 她忍耐不了——/ 才一开壳 / 肉仁就被啄去"。

《鱼》的女主人公比《蚌》中的前进了一步。她是一个急于摆脱传统大家庭羁绊的高中毕业生,单恋老师无望之后,未能抵挡住一个已婚纨绔子弟的诱骗,与其在外同居并诞生下一男婴。夫家长辈抱孙

---

① 张泉:《抗战时期的华北文学》。第 309 页。
② 其中的《一个蚌》(长春《满洲文艺》第 1 辑,1942),后改题《蚌》,收入左蒂选编:《女作家创作选》,新京:文化社,1943。

子心切，便以孙子为筹码，同意把她收为儿子的二姨太。她绝不就范。她说，"网里的鱼只有自己找窟窿钻出去，等着已经网上来的人再把它放在水里，那是比梦还缥缈的事，幸而能钻出去，管它是落在水里，落在地上都好，第二步是后来的事。若怕起来，那就只好等在网里被提出去杀头，不然就郁死"。然而，女主人公仍把冲破罗网的希望寄托在婚姻之上。她又与另一个有妻室的男人暧昧，最终以男人的退避而幻灭。不受规范约束的婚姻，无助于妇女的解放与自立。标题"鱼"暗示，水生脊椎动物鱼的生存能力比蚌大不了多少。

梅娘把她在《蚌》和《鱼》里不能化解的"一种女人的郁结"，[①]转移到了《蟹》里。孙二爷通过与俄国人做买卖发了财。在他过世之后，兄弟妯娌为争夺家族财产不择手段。小女儿孙玲看不起他们，更痛恨时局让她无法去北平读书。她不顾家人的恫吓，拒绝焚烧父亲留给她的俄文书。最后，她决心离家出走。节肢动物螃蟹要比蚌和鱼都强大。《蟹》中的女主人公摆脱了借助婚姻达到自由的幻想，更具有政治头脑和实践精神。

这三篇"水族系列小说"，堪称梅娘的代表作：

在作家传记的层次上，小说中的女主人公与作家本人的生活经历和环境十分相近，特别是第三篇《蟹》，从中可以清晰地看到作家的社会存在的痕迹。

在作品主题的层次上，通过沦陷区传统官商封建大家庭青年女子的命运，探索了寻求独立与自由的女性的三种境况：在社会和家庭的播弄倾轧中心力交瘁，前景大约只能是束手待毙（《蚌》）；在家长制和封建贞操观编织的有形的和无形的"鱼网"面前，带有资产阶级

①梅娘：《几句话》，《华文大阪每日》7卷4期（1941年8月15日）。第48页。

个性解放色彩的反叛女性，往往最终仍在经济拮据和情感苦闷的双重压迫下苦苦挣扎（《鱼》）；与破败的旧式大家庭彻底决裂，大胆地走上新的生活道路（《蟹》）。

在作品现实寓意的层次上，《蚌》揭露日本的"经济统制"政策使白公馆这样的大户都陷于衰败："烧锅，粮囤昨天给贴封条了，存粮不许卖，都得归组合"，简直没有了活路；把在大街上撒酒疯调戏中国妇女的人，描绘为"舌头不成形的卷动着，生硬地操着当地的土语"，显然是在暗指日本人……这些描写，表达了作者对殖民统治和民族压迫的强烈不满。

而在《蟹》中，更出现决定出逃的女主人公看到落日而受到鼓舞的场面。对此，美国学者耿德华曾有过细致的阐释：日方宣传人员"总是把朝阳作为他们国家的象征，而梅娘却选择落日来象征希望。因此，此举如果不是实际上抑制日本人的宣传主题和信条的话，至少是一种明显的冷淡或不敏感。"这进一步说明了小说作者对日本侵略者的态度。

就题材而言，三篇作品中更值得注意的是《蟹》。描写大家庭的兴衰聚散，是文学史上的一个经典主题。所谓大家庭（extented family），也称扩大的家庭，系指与祖父母、已婚子女等共居一处的数代同堂的家庭。与其相对应的，是所谓的小家庭（nuclear family），又称核心家庭、基本家庭，即只包括父母和子女的两代人的家庭。而大家族（clan）则不是同一范畴的概念，它与宗族、氏族、亲族的意思相近，是由数个乃至许多有血缘宗亲关系的家庭自然组成的利益集团。因此，文学中描绘大家庭的名作，实际上所写的多是大家族。在古典文学中，《红楼梦》堪称描写大家庭崩溃的杰作。与传统社会相比，现代社会发生了质的变化，但在现代文学中，从巴金的《家》到老舍的《四世同堂》，以大家庭为题材的作品仍延绵不绝，《蟹》也是其中之一。当然，《蟹》的社会包容量不是很大。而且，以一个少女的潜在叙述视角为主的叙事方式，也限制了作品的深度。尽管如此，由于《蟹》很好地表现了沦陷区大家庭的破败，以及新一代与老一代之间在殖民统治这个特定社会背景中的尖锐冲突，它无疑是现代大家庭文学书写链条上的一个环节。①

需要说明的是，由于以前未曾见过把这三篇作品作为一个系列小说加以说明的材料，梅娘本人也从未提及，我一直以为，"水族系列小说"的说法，是我在《沦陷时期北京文学八年》（1994）这本书里附会出来的。最近读到的1942年的一则历史文献表明，并非如此。匿名短文《梅娘的三部曲》开篇说，在过去的"满洲文坛上梅娘可以说是有数的女作家之一……东渡日本到大阪，最后又到故都北京在这漂流的生活"中，始终没有停笔：

很早以前一个朋友曾说过，梅娘将有三部曲之作，那便是《蟹》《蚌》《鱼》。《蟹》已经发表于《华文大阪每日》，《鱼》亦于《中国文艺》刊载，最近在满洲出版的《满洲文艺》上，又刊载了《蚌》，那么梅娘的三部曲到现在已经完全呈现在读者面前了。

这三篇作品，内容已经完全改变了从前的作风，既无被某君指骂的泼辣气，更无高雅人所不齿的蠢语，在描写与内容上，都充满了幽美的笔调。②

---

① 张泉：《抗战时期的华北文学》。第305、306页。
② 《梅娘的三部曲》，沈阳《盛京时报》1942年6月10日。在审读了《梅娘研究索引》（庄培蓉、彭雨新、朴丽花、张泉编）之后，东京都立大学大久保明男教授在2022年11月13日补充了这条款目。这使我得以按图索骥，从而在三十年后知晓了当年的真相。谨致谢忱！

　　显然，《蚌》《鱼》《蟹》是梅娘当年的匠心独运之作，做过整体性的谋篇布局。三篇作品分别在殖民宗主国日本的大阪、中国内地沦陷区的北京和关外伪满洲国的"首都"三地发表。作品首发的顺序不是按小说的动物标题所隐喻的生存能力排序的。这是由于，在文学生产的制造、流通和接受的系统工程中，作者方无力掌控自己的产品的面世时间。

　　这个迟到的信息很重要，有利于重新估价梅娘的"水族系列小说"。也说明，说有易，说无难。在任何时候，材料都是第一位的。事实、史实揭示真相，就像"南玲北梅"说到底是有还是没有的那场拖拉得太久的风波一样。①

　　被称作"都市风情小说"的《黄昏之献》《阳春小曲》和《春到人间》均在 1942 年发表，显露出梅娘作品的另一面向：把讽刺的矛头更多的转向都市男人的劣根性。在《阳春小曲》里，理发铺的"大师兄"在给一位漂亮小姐洗头时，想入非非，不慎吹掉了小姐耳边的一块小纱布，险遭惩处。《黄昏之献》侧重心理剖析，讽刺的笔触指向吃软饭的虚荣中年男子。《春到人间》中的几个纨绔子弟，在报纸上刊出招考女演员的虚假广告，以图诱骗、玩弄漂亮的"大家闺秀，小家碧玉，风流寡妇"。结果，来应征的却是风尘女子。她们以出色的演技骗过、戏弄了"考官"们。这些作品构思独特，显示出作者驾驭短篇的才力。《小广告里面的故事》（1943）以一则征婚启事开篇，而隐藏在征婚广告背后的故事是，为躲避战乱投奔姨父母的"我"，被他们用来充作骗取钱财的诱饵。第一人称的叙事视角，淋漓尽致地吐露出世态的炎凉，以及年轻女性生存之艰难。《动手术之前》（1943）也取第一人称视角。

————————
① 参见本文第六章《七、梅娘第五个创作阶段热点议题六题》中的第三节《"南玲北梅"现象》。

叙事主人公，一位遭丈夫冷落的少妇，被丈夫的朋友趁虚侵犯，不幸罹患性病。她曾在住宅区邂逅过一位医生，并未有过接触。在想象中，无所适从的少妇向这位医生倾诉，喋喋不休地宣泄身体和精神所遭受的创伤。两篇小说均直白地在男权社会中大胆昭告女性私语。

《行路难》（1944）写叙事女主人公夜归途中所发生的惊心动魄的一幕。路遇醉鬼、穷汉。恐惧之中，穷汉无意中歪打正着，为"我"解了围，排除了醉汉把"我"当成"马路天使"的骚扰。"我"急于摆脱可能会伤害我的穷汉，高价定下正准备收工的人力车。"我"的这个"浪费"钱的举动激怒了穷汉。他喊道："我本来没预备劫你，你与其给三轮车十块钱换这样一小段的车坐，不如把你底钱赏给我，我摸得准这于你并没什么了不起的损害。"接着，他一把抢走了"我"的钱包。而"我"从穷汉留下的豆饼包装纸上的留言得知，处于绝境中的穷汉可能正在准备自戕。坐在人力车上的"我"，对抢劫者没有愤怒。有的是祝愿、反思和同情，并为自己的所想所为感到"羞耻"。戏剧性的结局所流泻出的悲天悯人的人道情怀，与《侏儒》异曲同工。《黎明的喜剧》（1944）① 更像是一篇人物速写，描写一位走街串巷的贩菜老者，为生活所迫，做"窝主"，收购帮佣从雇主家里偷出来的衣服。这个场景无意中被"我"撞见。念"他不但老而且非常疲惫瘦弱，他的脸露着可怜的菜色"，念他长期以来"菜卖的比较便宜，分量也很公道"，"我"虽然恶作剧地揭穿了他，却平静地放他一马。从后两篇小说可以见出，除了关注男权社会里的女性运命外，普罗大众不堪的和难堪的生存状态，也进入了梅娘的虚构作品。

---

① 《黎明的喜剧》收入北京华北作家协会编的《作家生活》连刊之一《黎明的喜剧》（1944 年 11 月）。同时，又改题《茄子底下》，刊上海《文潮副刊》1944 年第 2 期（1944 年 11 月）。肖伊绯的《梅娘"佚文"发现记》（《书屋》2020 年 11 期），没有注意到这个情况。

　　还有两部未完成的长篇小说连载《小妇人》（1944）、《夜合花开》（1944-1945）。前者已发表的部分包括《双燕篇》《夜行篇》《姐弟篇》《黄昏篇》《西风篇》《白雪篇》《异国篇》《话旧篇》等。主人公是北京一对追求婚姻自由的恋人袁良和凤凰，通过他们决然出走，生动、形象地演绎了中华民国的一对理想主义的私奔情侣，在殖民地／宗主国的冒险旅行。生活的压力，以及新旧情人的介入，不断改变着他们的情感、志趣和生活道路。[①] 他们和钱钟书（1910-1998）《围城》（1946）中的方鸿渐、孙柔嘉一样，在旅程中不断碰壁，在内在的和外在的冲突之中，既有精神危机也有躬身自省。由于语境的不同，《围城》重在刻画民国期文人学士群像，构建现代中国西化知识分子的精神史，《小妇人》则描绘知识青年在殖民地的进路和出路，是东亚文学场域中的一个分析殖民地民情世态的文学文本。《夜合花开》（1944-1945）描写了故都北平上层社会中的情场纠葛。嫁入豪门的美貌平民女子，物质生活虽然优裕，但世情浇薄，与世隔绝的笼中鸟生活，以及对真正感情生活的渴求，又往往使她们在追求情与爱中一无所获，遭到伤害和受到愚弄。作品猛烈抨击了那些在玩弄女性的同时，又践踏她们的感情的卑劣男人，涉及等级门户以及性别差异、情感欲望、自由恋爱等等。这些现象和议题在阶级社会中普遍存在，但在殖民语境中，呈现出别样的表现和意义。

　　需要说明的是，两部长篇未能刊完的主要原因，是沦陷末期经济濒临崩溃，纸张短缺，印刷出版物数量锐减。刊发《小妇人》的《中国文学》，于 1944 年 11 月停刊。曾有预告说，《中国文学》上未刊完的长篇作品，将在华北作协 1945 年 4 月发行的大型《中国文学季刊》

①邵燕祥当年阅读连载小说《夜合花开》时的真情实感，见本文第六章《梅娘第五个创作阶段热点议题六题》中的第三节《"南玲北梅"现象》。

上继续连载。该刊迄今未见。连载《夜合花开》的综合文化杂志《中华周报》，于1945年8月19日停刊。据报，抗战胜利后，《夜合花开》从第32节开始，又在8月18日创办的《新平晚报》上接着连载。两个多月后，报纸停办。这份报纸目前也未见到。①

在梅娘第一个创作阶段的后期发表的短篇小说里，只有1941年的《侨民》和《女难》未收入沦陷期结集出版的小说集。实际上，这两篇作品非常重要。

《侨民》的叙事主人公是一名女速记员，来自灾难深重的满洲。她搭乘日本阪急线高速电车去神户的海边散心，以排遣周遭的国族歧视给她带来的寂寞、苦痛。在电车上，一个朝鲜男人向她示好，要她去坐他的女人的座位。"我"揣测他给我让座位的动机：也许是因为"我"是女人？不，是因为他攀不上高人一等的日本姑娘。虽然"我"同样来自殖民地，但也许他看出了"我"的小公务员身份。他或许是个由劳工升上来的工头，要去送礼巴结上司，就再不能与低一级的"劳工的朋友"为伍了。于是，他找到了"我"，一个他认为与他同等阶级的人。最终，"我"对这个朝鲜男子从好奇转向轻蔑，憎恶他那凌驾在他的女人之上的大男子主义，以及他刻意装扮成高贵人样子的虚荣。下车出站后，"我"也没有余钱，却故意排在富人中间，佯装在等汽车。这是对那个朝鲜男人的重重一击。在"我"用眼睛的余光看到他"狼狈地携了女人转向站旁的小巷子去"后，"我"又折回车站，去搭乘廉价的公共电车。冷雨中，"我仿佛替那个可怜的女人向她的丈夫报复了。但我又担心着，怕雨糟蹋了她的宝贵的衣裳，我希望她的丈夫能够花六分钱带她坐公共电车去。"作品的叙事并不

① 参见张泉：《殖民拓疆与文学离散——"满洲国""满系"作家/文学的跨域流动》第九章第五节《武德报社的满系作家》中的陈湖堂部分，以及第十章第二节中的第五《战后的柳龙光及其评价问题》。

复杂，却举重若轻，巧妙借助现代机械文明电车车厢这个有限的空间，不动声色地展现"大东亚共荣圈"内宗主国／殖民地、殖民地内的朝鲜／满洲间的微妙关系，在主人公心理上的投影。此外，除了殖民地作家在宗主国的主观性的感受外，《侨民》还涉及实实在在的性差、女权，形构出东方殖民主义语境中的殖民政治学、殖民心理学，同样值得注意。这既是普世的议题，又有其东亚殖民语境中的特殊性。这也是文学不同于历史、哲学、社会、经济、军事、政治文献，而之所以为文学的价值所在。[①]

这在梅娘的另一篇侨居记忆小说《女难》中，同样鲜活可见。中外以"女难"为题材的作品不在少数，甚至直接拿来做标题。比如，伪满女作家左蒂的《女难》，[②]聚焦女性所面临的种种时艰。而梅娘版"女难"则通过日本女店员／满洲少妇、渴望异性的日本女人／瘦弱的日本青涩男生间的冲突／吸引重层结构，从人的社会存在到内在需求两个面向上，诠释对外扩张时期日本殖民宗主国国内版的"女难"。日本女店员们对待叙事主人公的态度之所以急转，是在她们确认她是满洲人之后。这表明，在日本市井社会，满洲中国人的社会地位，反而高于已经纳入日籍的朝鲜人。从而反讽地揭示出，殖民语境中真实的满（中国人）、鲜、日之间的关系，是与殖民者的"共荣圈"宣传相悖的。[③]

---

① 可以将《侨民》与张爱玲的《封锁》（上海《天地》1943 年 2 期）做一比较。后者的场景同样是交通工具电车车厢。在这个因道路封锁而暂时停驶的封闭公共环境里，张爱玲记录了一对中年男女置身事外的情感邂逅的全过程，营建出开放的阐释空间。从中，或可对"南玲北梅"间的差异略见一斑。

② 左蒂：《女难》，《青年文化》1943 年 1 卷 3 期。左蒂（1920-1976），沈阳人。山丁的妻子。她 1943 年末离开东北来到北京。新中国时期，在《中国少年报》社任编辑。

③ 详见《殖民拓疆与文学离散——"满洲国""满系"作家／文学的跨域流动》的第八章第四节《暴露黑暗与解析殖民：梅娘》

在战时中国文学中，殖民地侨民题材的作品不多。东北流亡作家舒群（1913-1989）的《没有祖国的孩子》（1936），描写身处复杂国族关系中的在满朝鲜人移民的抗日斗争，引起了上海左翼文坛的注意。梅娘的《侨民》《女难》把侨民在日本本土交叉纠缠的殖民议题，以及殖民地作家在宗主国的多维国族体验，引入了伪满时期的离散文学、沦陷区文学，在题材和主题方面都对中国现代文学有所拓宽。

在第一个创作阶段，梅娘散文的数量比较大。早期发表在《大同报》上的作品，展现了梅娘个人情感、成长环境的面向。从《煤油灯》等文中可以见出，梅娘还在幼年时就体验到人情冷暖、世态炎凉。读东北最好的小学时，遭遇东北沦陷，又让她亲历异族入侵所带来的遽变。父亲的病逝，传统大家庭顷刻瓦解，进一步加剧了人际关系的紧张。这些散文有助于深入解读梅娘的小说。

值得注意的还有最近出土的梅娘处女作《小姐集》。① 这本薄薄的短篇创作集收小说、散文和诗歌习作二十篇，多与梅娘即将步入社会（文坛）前的人生际遇、时代环境和个体秉性紧密关联，同时也很有可能是东北地区的第一部女性个人的新文艺创作集，当时就有三篇书评面世。②

① 参见张泉：《东北首部个人新文学作品集〈小姐集〉的发现——从寻访梅娘佚文的通信看文化场人情世态》，《燕山论丛 2022》第二辑，燕山大学出版社，2022。

② 菊子：《读了小姐集（一）（二）》，《大同报》1937 年 1 月 20、21 日；寒畯（石军）：《评〈小姐集〉》，《满洲报》1937 年 6 月 25 日；寒丁：《关于〈评小姐集〉》，《满洲报》1937 年 7 月 9 日。

东北地区的新文学的萌芽和发展滞后于关内。女性写作起步于沦陷期，活跃的女作家有二十多位，举其要者如悄吟（萧红，1911-1942）、刘莉、[①]吴瑛[②]、梅娘、但娣、[③]左蒂、蓝苓、[④]杨絮、[⑤]朱媞、[⑥]冰壶等。他们的作品从闺房走向社会，诉说命运、倾注同情、争取权益、反抗压迫。当时的作品集多是多人合集。比如出版人宋逸民在《窗前草》（1934）的《校后题记》里说，这一册女子新文艺作品集，收吉林女子师范学校学生的作品八十篇，是"现代新女子创作集之一……是女子文艺界的创始者"。[⑦]富彭年编辑的小说集《爱的

① 刘莉（1912-1994），辽宁沈阳人。1935 年离开东北，改名白朗。1940 年赴延安。丈夫洛虹（罗烽，1909-1991），辽宁沈阳人。原名傅乃琦，笔名还有克宁、彭勃、罗迅等。

② 吴瑛（1915-1961），满族。曾任《大同报》等报刊编辑。著有《两极》（益智书店，1939）。季守仁（吴郎，1901-1961）的妻子。

③ 但娣（1916-1992），黑龙江汤原人。笔名田琳。1942 年日本奈良女高师学成后返乡，任教于开原女子高级中学。1944 年被伪满判处徒刑两年。战后任职东北电影公司，因言获刑一年半。新中国时期，曾入狱十一年。1979年获得平反。返回哈尔滨任《北方文学》编辑。

④ 蓝苓（1918-2003），原名朱昆华。河北昌黎人。黑龙江省女子师范学校毕业，小学教师。1937 年开始发表作品。1946 年参加革命工作。1952 年调北京，任职报刊、出版社。

⑤ 杨絮（1918-2004），沈阳人。曾任歌手、编辑。出版有《落英集》（1943）、《我的日记》（1944）。新中国成立后在沈阳当教师。1951 年、1958 年，两度被判刑收监。1978 年得到平反。

⑥ 朱媞（1923-2012），北京人。幼年移居吉林。吉林女子中学附设师范班毕业。著有《樱》（1945）。1948 年在哈尔滨参加中共东北民主联军。丈夫为沦陷区作家、书法家李正中（1921-2020）。

⑦ 何霭人编：《窗前草——女子新文艺作品之一》，长春：益智书店，1934。见张泉：《从文 80 载的梅娘和成为研究对象的梅娘》，《上海大学学报》2013 年 4 期。

新小说》（1936），也是多人的短作品合集，其中收有梅娘的《母亲》。因此，在东北的区域文学史特别是女性文学史中，梅娘的《小姐集》具有开创的意义。对于探索东北新文学发轫期的历史，也有一定的价值。

第二个创作阶段：新中国初期（1950-1957）。

1949 年是中国新旧社会制度的转换期，也是传统意义上的现代文学、当代文学的断裂与接驳期。在这样一个特殊阶段，梅娘匿名留下了一大批鲜为人知的文学创作。

民国时期，庞杂的小报随行就市，以愉悦大众读者、薄利多销为己任，是城市市民日常阅读的主要媒介，也是半殖民地中国的都市文化的地域符号之一。早在在中华人民共和国建政前夕，一个与过去彻底决裂的全新社会、全新文化就已经开启。民国时期的城市世俗文化和出版物戛然而止。旧文人失却了发表机会，有些人的生活来源也成了问题。一些视野宽阔的决策人以及文化界领导人，践行中共的统战政策，试图在京沪营造几家继续由旧文人执笔的旧式报刊，受众定位于旧社会那些"落后的"各类读者群，以期寓教于乐，引导他们循序渐进地跟上和融入人民当家作主的新社会。由于对京沪两地的区域战略定位不同，这一传统纸媒的统战布局，最终在上海成功落地。

1949 年 5 月 27 日，大上海解放。五光十色的上海滩小报一夜间偃旗息鼓。但仅仅一个多月以后，经新政权授权，新的私营小报《大报》《亦报》相继创刊，形成了一个特立独行的《亦报》场域。《亦报》社长为龚之方，总编辑唐大郎，均为 40 年代上海小报界资深报人。我将其界说为"《亦报》场域"，包括《大报》《亦报》以及《新民报·

晚刊》、香港《大公报》。①其主要任务不是时政宣导，而是寓教于乐，把一批因政权更迭被边缘化的南北旧文人聚合在一起，为他们提供发表机会。《亦报》场域在一元化的浩浩荡荡潮流中，留存下了一缕多元的缝隙。在新中国初创期的文化生活中，此举的意义非同寻常。这一现象及其背后的因缘际会，无疑是溯源新中国文坛构建问题的又一切入点。

首先，在流通（文化传承）的层面上，顾及到涵养有年的广大市民的阅读习惯，为旧上海小报文化留下了一个渗入新中国的通道，体现出了一种多元并存、休休有容的姿态。

其次，在创作主体的层面上，这些"有历史问题"的特约撰稿人在新社会仍然能够有所作为，有助于他们尽快认识和认同新政权，缩短融入新社会的时间。另一方面，稿酬的收入也实实在在地缓解了因文化生产方式、个人际遇的骤变而产生的生存压力，有利于新旧政权

---

① 1958 年 4 月 1 日，上海《新民报·晚刊》更名为《新民晚报》。至此，统战意义上的《亦报》场域退出当代文学舞台。详见张泉：《文学"统战"与当代文学在新中国的重建——以〈亦报〉场域中的"沦陷区三家"梅娘、周作人、张爱玲为例》，《学术研究》2018 年 4 期。对于该文，洪子诚教授有评语："建国之初的文学界情况，确实还存在一些比较复杂的情况。虽然控制已经进行，但是它的实现需要一个过程。另外，当年确实有一个'争取小市民读者'的政策设想。而报纸和出版社的完全纳入国家、政党体制，大抵要到 1953 到 1956 之间才逐渐完成。张泉的研究很有意义，一方面是当时的面向小市民的小报的情况，另一是解放后那些'问题作家'的处境……对深入研究这一重要转型期的轨迹和复杂情况，很有好处。"还说"梅娘的名字过去知道，但我几乎没有读过作品。周作人解放后能够发表作品，应该是得到毛泽东、周恩来等高层的允许，但没有用本名。"（洪子诚，2018-06-21）。

过渡期旧文人群体的稳定。[①]

最后，在重写文学史的层面上，半个世纪之后，随着当代文学的经典化，史料发掘逐步触及到《亦报》场域的作者、编者。初步的梳理表明，他们在主流之外隐身参与了易代之际的新中国当代文学的重构，这为探讨初创期中国当代文学的发生和新中国文学话语的转变进程，提供了另外一个类别的生产方式和文学文本。将其纳入当代文学史，或可有助于复现十七年文学的复调走向，呈现其还未被学界充分认识的十七年文学前半期的多样性、丰富性和复杂性。

说到易代之际新中国文坛重新构建的问题，还有另外一个切入点。建国前后，民众断文识字人口所占比例非常低，扫盲和普及是当务之急。根据这一实际情况，曾经开展了轰轰烈烈的编印各类通俗出版物、文学名著普及本的运动，尤以名目繁多的各类丛书惹人注目。在这样的时代潮流之下，梅娘也加入了她所擅长的浅显易懂读物的编写大军。[②]

回到《亦报》场域时期的梅娘。在这个存续八年的平台上，梅娘得以和张爱玲（1920-1995）、周作人、郑逸梅（1895-1992）、徐淦、[③]陶亢德（1908-1983）、柳絮、张慧剑、潘勤孟、韩菁菁等人同台，是其中最活跃的成员之一。从 1952 年 4 月到 1957 年 8 月，发表了两部中

[①] 梅娘在 1955 年草拟的一份稿酬清单显示，她发表在上海小报上的十九篇作品得稿酬 856 元。以当时的物价，收入颇为可观。该清单附在梅娘对这些作品进行自我批判的交代材料（1955 年 9 月 20 日）之后。材料为柳青女士提供。

[②] 参见本文《第五章"长时段作家"释义：其他作品》中的《第一类，梅娘的诗、通俗读物和剧本》。

[③] 徐淦（1916-2006），浙江绍兴人。笔名有王予等二十多个。与梅娘的交往比较多。详见张泉：《文学"统战"与当代文学在新中国的重建——以〈亦报〉场域中的"沦陷区三家"梅娘、周作人、张爱玲为例》。

篇小说、三个短篇。更多的是报告文学连载和散文随笔，进入了她散文创作的第一个高产期。

梅娘这个创作阶段的作品多取材于体制内的本职工作和社会上的日常见闻，涉及学校和家庭教育，以及农业战线的生产、生活、改制的方方面面，全方位地为那个时代存档。与周作人、张爱玲等独立作家不同，梅娘能够迅速适应新的社会准则、文学风向和写作规范，正如《亦报》编者在《母女俩》连载前的预告中所言：这是"一部适时的作品，它是以批判资产阶级思想为中心题材的。"并且特别提示："作者梅琳同志，是一位很有名的小说家，她只不过换了一个笔名罢了。"① 这是因为，作为中学教师和国家机关的工作人员，梅娘是时事学习、政治运动的参与者和当事人，因而熟悉主流意识形态，能够直接把无产阶级领袖的教导言说、社会主义苏联的文化榜样以及共时的政治事件植入作品。在小说里，妻子、女儿在"三反""五反"政治运动中大义灭亲，举报资本家丈夫、父亲（《母女俩》）。中学师生在国庆游行时见到了观礼台上的毛主席，这成为他们奋发向上的动力（《为了明天》）。主人公因参加天安门开国大典而激动不已（《什么才是爱情》）。评价新中国新颁布的《婚姻法》，以及有关《婚姻法》的讨论（《我和我的爱人》）。系列随笔"开封散记""吕鸿宾生产合作社十日记""自河南车云山寄""写于京汉车上"等，以及1952年的《东北农村旅行记》《太行山区看丰收》《李顺达在西沟村》等长篇报告文学连载，赞美新社会，歌颂工农及劳动模范。

对梅娘个人来说，第二个阶段的文学创作在其漫长的写作生涯中承前启后，有其特定的价值。放到文学发展史里，也是诠释这一改天换地历史关节点的一个独特的文学个案。

① 编者：《母女俩》，《亦报》1952年3月29日。

第五个创作阶段：1987 年以后。

重新启用"梅娘"署名，是梅娘进入第五个创作阶段的起点。这表明，梅娘不但在政治上而且在文学上也得到了平反。一个时代有一个时代的小说。此时的小说家梅娘已迈入古稀之年，无力从心所欲，"影响的焦虑"开始困扰她。她心有不甘地终止了小说创作，但并没有停笔，转而以散文为主。

第五个创作阶段的开篇之作《写在〈鱼〉原版重印之时》，①回顾了自己在政治运动中不堪回首的遭遇，并在解放后第一次触碰沦陷期文学议题。作品虚实交替，把个人际遇与家族近百年来的悲欢离合、国家的跌宕起伏以及东亚的波诡云谲，有机地搅和在一起。行文自然流畅，故事感人，堪称是梅娘的也是当代散文中的一篇佳作。

除了驾熟就轻的农业、女性题材外，梅娘开始涉足社会生活中的尖锐的现实问题如民生等，保持着一贯的敏锐、激情，同时又多了反思、批判。但在这个创作阶段，最为引人瞩目，还是她的怀人纪事类散文。

所记述的对象，有与她的出身、学养和经历迥异的无产阶级乡土作家。比如，赵树理。建国伊始，北京就成立了北京市大众文艺创作研究会，设七个部，吸纳了大量旧文人，来自解放区的知名作家赵树理任主席，康濯、马烽等担任辅导工作。梅娘参加小说部第一组的政治学习和创作交流活动。经创研会的斡旋，梅娘曾把鲁迅翻译的《表》（原作者为苏联作家班台莱耶夫）等文学名著，改编成连环画，交由北京大众出版社出版。梅娘的《一段往事——回忆赵树理》《赵树理与我》，细致入微、情真意切地追忆故人，也袒露当年她与革命作家之间的阶

① 梅娘：《写在〈鱼〉原版重印之时》，《东北文学研究史料》第 5 辑（1987年 11 月）。

级分层鸿沟、习性情趣隔膜的方方面面。[①]

　　也有许多被错化成右派分子的难友。比如留日知识分子遇崇基、王秋林夫妇。在那个同是天涯沦落人的非常时期，作为被监督改造的对象，他们一起参加过公安局派出所举办的学习班。两家在物质生活上虽然都极度拮据，但仍时有互助。遇家的大儿子遇罗克（1942-1970）博览群书，具有独立思考的大无畏精神和研究现实紧迫问题的能力。"文革"前夕，他撰写了长文《人民需要海瑞——与姚文元同志商榷》，批驳姚文元那篇拉开"文革"序幕的权威文论《评新编历史剧〈海瑞罢官〉》。在梅娘的帮助下，遇罗克文章的一部分改题《和机械唯物论进行斗争的时候到了》，在上海公开发表。"文革"开始后，一股"极左"思潮所鼓吹的"血统论"，即按家庭出身划分敌我阵营的所谓"老子英雄儿好汉，老子反动儿混蛋"，一时间甚嚣尘上，让无数人雪上加霜，陷于绝望和险境。遇罗克挺身而出，以"家庭出身问题研究小组"的名义，在《中学文革报》上刊出六篇长文，其中的第一篇《出身论》，反响巨大，成为思想解放的先声被广为传扬。[②]遇罗克的妹妹遇罗锦（1946-　）的纪实文学《一个冬天的童话》（1980），实录个人的坎坷经历，探讨"爱情婚姻"中的社会与人性，曾引发激烈的批评和广泛的讨论，是新时期"伤痕文学"的组成部分。梅娘建

① 梅娘：《一段往事——回忆赵树理》，长治《赵树理研究》1990年第1期；《赵树理与我》，收入《梅娘小说散文集》。参见张泉：《梅娘与北京时期的赵树理》，《当代北京史研究》2001年3期。

② 遇罗克（1942－1970）高中毕业后，因家庭出身问题失却了升学的资格，做过工厂学徒工、代课教师等。1968年1月5日，主要因写作《出身论》等罪行被逮捕。1970年3月5日，在北京工人体育场举行的十万人公审大会上，他与其他政治犯一起被宣判死刑并立即执行。1979年11月21日，北京市中级人民法院为遇罗克昭雪平反。有《遇罗克遗作与回忆》（中国文联出版社，1999）传世。

议遇罗克的弟弟写一写回忆录。当遇罗文的《我家》（2000）出版时，八十三岁的梅娘出席了中国社会科学出版社举办的首发恳谈会。她的《音在弦外——在〈我家〉出版座谈会上的发言》，[①]记述了她与遇罗克一家的患难见真情，绘声绘色，情文并茂。

🏠 第五章 "长时段作家"梅娘：其他体裁作品

除小说、散文外，梅娘还广泛涉猎诗、通俗读物、剧本、翻译，也留下了大量的书信。在这里大致分为三类略加介绍。

第一类，梅娘的诗、通俗读物和剧本

梅娘的诗作不多，加上科教电影文学剧本《红松林的故事》中的《红松之歌》，现在能够看到的有八首。最早的一首《过去的生命》（1936）刊《小姐集》，颇有文学女青年惜时励志的意味。不少诗作中虽有"秋花""秋思""慈爱""梦""绿叶"等字样……却不见风花雪月，所抒发的乃是感时伤生、悲凉壮阔。而最为难得的是，虽是偶尔试笔，却每每能让人感知往往只可意会的诗的意境。

《慈爱的满洲大地》（1937）五节六十一行，结构规整，大气磅礴，追问生与死的终极问题："终有一天，/ 那一天我会寂然地死去。/ 许在寒冷的清晨，/ 许在幽凄的夜里。"人们对于我的死的传说、唱

---

① 梅娘：《音在弦外——在〈我家〉出版座谈会上的发言》，《博览群书》2000 年 8 期。

叹，夹杂着虚情假意，并且很快会把我、会把爱恨情仇全都忘记。"只有你——/我底满洲，/我底慈爱的满洲大地！"永远不会遗弃我。接下来分别吟咏春、夏、秋、冬，每个季节的中间部分都嵌入点题句："只有你／我底满洲，我底慈爱的满洲大地"，一咏三叹，渲染出对大地母亲至死不渝的情，对四季轮回鲜明的家乡炽烈永恒的爱。[①]东北大地没有忘记年纪轻轻就谈生论死的梅娘。梅娘民国时期在长春出版的最后一本书是《第二代》。时隔七十九年之后，在庆祝中华人民共和国成立七十周年之际，家乡推出了大型《新时代长春文学丛书》，收本土作家近百位，《铭记的事物一概来自长春——梅娘八十载写作生涯文选》得以和废名（1901-1967）、公木（1910-1998）、蒋锡金（1915-2003）、张笑天（1939-2016）等人的作品一起，被编入丛书的第一卷"红旗街卷"。书名中的主标题，取自梅娘的作品。[②]

随着国家现代化、乡村城市化、世界一体化，特别是信息的网络智能自主化进程无休无止的提速，传统乡土社区桑落瓦解。在越来越多的人那里，魂牵梦绕的家乡情谊已渐行渐远。但游子与家乡之间的深情厚谊、诗情画意，是穿越时空的。梅娘那一代前辈作家所留下的发自心底的文字记述，他们的如花妙笔所建构的乡愁，在乡土家乡——精神原乡渐渐远去的当下，就显得更加弥足珍贵。他们的那个从前，其实离我们的现在并不远，只是不断加速的时代列车所向披靡不勾留……不过，好在有他们的个性化的文学创作在，那个已经回不去的从前，经由他们的传世作品，会在文学的长河里驻留，随时返场共情者心中那弥散着人间烟火气息的凡俗尘世。

---

① 梅娘：《慈爱的满洲大地》，长春《大同报》1937 年 12 月 14 日。第 6 版。

② 梅娘：《长春忆旧》，《吉林日报》1992 年 5 月 9 日。

梅娘晚年发表的最后一首《第十三片绿叶》（2002），抒发"烈士暮年，壮心不已"的情怀："我徜徉在麦田中间 / 向每片迎风轻颤的旗叶致敬 / 奉上一颗迟暮之心 / 一颗为坚实的奉献欢呼的 / 迟暮之心。"虽然壮志不酬，梅娘还是比同是北京沦陷区作家的吴兴华（1921-1966）幸运得多。学贯中西的吴兴华年仅十七岁时就感叹世事无常：人生不过几十年，在到达大家共同的归宿时向后转，"看看从前的事准是可悲可笑又可怜。/ 同时我又怕我尚未将我的工作赶完，/ 我的笔就和我一齐在土中深深收殓，/ 那时纵使我想你，或一切别人，呼喊："听着，我已明白生命的意义'也是徒然。"①吴兴华在四十五岁风华正茂之年，殁于北京大学校园。晚近有学者把他与钱钟书相提并论："差可与钱氏相颉颃的吴兴华，在《读国朝常州骈体文录》中，出入中外古今，才气横溢，可惜早逝，未能尽才。"②少年吴兴华的预言、谶语，更凸现出特定时代智者遭际的凄惨。③与梅娘比照回看，不禁令人慨叹。

童话、通俗故事的写作，几乎贯穿梅娘文笔生涯的始终。这类"轻型"出版物，保存收藏不易，更经受不起无情岁月的"大浪淘沙"，只有很少的一部分流传下来。民国时期，仅北京新民印书馆出版的少年文库中国故事篇中，还有《聪明的南陔》《女兵木兰》《英雄末路》《少女和猿猴》《飞狐的故事》《兰陵女儿》等没有找到。梅娘的作

---

① 吴兴华：《二首十四行（燕京，一九三八）》之（二），《辅仁文苑》第 2 辑（1939年 12 月 1 日）。

② 罗宗强、邓国光：《中国文学近百年中国古代文论之研究》，《文学评论》1997 年 2 期。

③ 参见张泉：《北京沦陷期诗坛上的吴兴华及其接受史——兼谈殖民地文学研究中的背景问题》，《抗战文化研究》第五辑，广西师范大学出版社，2011。以及《改革开放初期的美国中国现代文学研究管窥——以吴兴华、张爱玲的挚友宋淇的信函（19840103）为中心》，待刊。

品也有收入"创作童话"丛书的，比如如《青姑娘的梦》（1944）。在所有这些儿童读物的前面，都有周作人的《小序》，寥寥数语，阐释了儿童读物的特点与难点，曾经作为佚文被发掘。[1]该文照录如下：

> 新民印书馆编刊童话集，属为写小序。余昔年喜谈童话，欣然答应，乃历时一月尚未写出。说忙或懒均未必，实是时时想写，而想说的话太多，装不下去。今只拣取一点言之，即是属于文字的。中国用汉字，这是世界唯一的事。他有字无音，故如不加有注音符号，给儿童读时，其通用性便有限制。文句很用心的写得简单，要认得这些汉字却必需相当的年龄与知识，因此故事的内容往往不能与读者的心理相适应。各式各样的童话，拼音文字可以都写出来，供大大小小的儿童适宜的选读，若是装在汉字里，便非先读得这字不能懂，结果是有好些天真烂漫的故事没法子写出来，要听的小孩读不得，能读时又已不是要听这故事的年龄了。用汉字为儿童写故事，最易遇到的困难就是这个。但是这困难未必便是不可克服的，只须写着时一面记着这困难，又或使内容与文字相称，也就无甚问题。今新民印书馆新编童话，自必能满小朋友们之要求，兹第贡其一得之愚。记此数行，聊当序文云尔。中华民国三十二年二月二十三日，周作人识于北京。

大家小文，言之有物。周作人指出，童话创作遇到的难题之一，源于汉字有形无音，孩童阅读受到限制。童话作家下笔时，需"记着这困难，又或使内容与文字相称"。这延续了他早期的儿童本位观。早在1922年，周作人就提出，汉字改革应从"减省笔画"做起（《汉字改革的我见》）。梅娘的通俗读物有市场，与她能够设身处地从孩

---

[1] 参见杨铸：《周作人的一篇佚文》，《中华读书报》2002年1月16日。

子的实际状况出发不无关系。①

　　梅娘的第二个通俗读物创作的高产期，始于 1950 年，即出现在她的第二个创作阶段。

　　新中国诞生前后，百废待兴。迅速提高大众的阅读能力，是新文化建设的重要内容之一。因为在当时，识文断字的普及率非常低，就连北京这样的文化古城，文盲人口也高达百分之八十。②因此，通俗易懂的读物成了并非无足轻重的紧迫的社会需求。文艺界通过文艺整风运动，初步划清了无产阶级文艺与资产阶级、小资产阶级文艺的界限，同时也对文艺机构、团体和刊物进行整顿调整，从思想观念到组织措施都统一到"普及第一"上来。好的作品除了政治标准外，还强调了为劳动大众所喜闻乐见的形式方面的要求。一时间，在南北各地，老区新区，篇幅不大的各类普及性的出版物大量涌现。仅就丛书而言，仅我有收藏的就有文艺建设丛书、大众文艺丛书、工厂文艺习作丛书、文学战线创作丛书、文艺创作丛书、劳动丛书、收获文艺丛书、东北文艺丛书、光明少年丛书、光明文艺丛书、群众文艺丛书、晨光文学丛书、长江文艺丛书、西南人民文艺丛书、北方文丛、部队文艺丛书、中国人民文艺丛书、新知识初步丛刊、人间文丛、新中国青年文库、工作与学习丛书、未名丛书、文学丛书、新时代丛书、新曲艺丛书等等。梅娘也积极参与了建国初期的文化文学普及工作，作品数量最大的是

① 沦陷时期，梅娘与周作人两人并无交集。抗战胜利后，周作人入狱在押期间，南京首都高等法院收到北京一市民指控周作人的函件，指证周作人为《青姑娘的梦》作序。1946 年 11 月 9 日，周作人急不择言，在法庭上做了令人啼笑皆非的辩解。详见《抗战时期的华北文学》的《引言》中的第二节《现场的证词（二）》。

② 参见张泉主编：《当代北京文学》上卷第一章第三节《当代北京的人文环境与文学的演化》。

连环画文学脚本作品。

　　连环画，俗称"小人书"。在平面媒体时代，那是人们童年记忆中最为深刻也最为温暖的部分。一般图书馆不收藏"小人书"，梅娘到底创作了多少连环画文学脚本，及其版次流变的情况，现在仍不清楚。比如，收入梅娘文集的《表》，使用的是北京连环画出版社 2013 年 6 月的印本，改编者署名孙敏子。出版社没有与梅娘著作的版权委托人联系。[①] 该印本的《内容说明》说，依据的是 1951 年 4 月的首印本。梅娘被打成右派后，她改编的连环画仍不断出版，只是署名被改为"落霞"（落难之意）、"王崙"（孙嘉瑞中的瑞字的拆分）等。这或许是出版方的善意？那时还没有版权法，可以随意。梅娘后来曾回忆说：三年半的劳改结束后（1961），成了无业人员，生活成了问题。于是：

　　我妄想编编连环画册来救急，未成右派之前，我曾是上海人民美术出版社、北京人民美术出版社、辽宁人民出版社的特约作者。那一印几万、几十万的连环画纪录了我的"才能"，何况我还有得奖作品。我试着给出版社写信申请，结果毫无反响，右字已把我驱逐到为文之外去了。[②]

　　充满无奈、自嘲。也有一点水流花落、尘埃落定后的自得。

　　梅娘的连环画不光是文学名著改编，也有紧密配合形势的现实题

① 早在 1991 年，就颁布了《中华人民共和国著作权法》，中国同时也成为伯尔尼公约的第九十三个成员国。1996 年元月和 1997 年 11 月 1 日，梅娘曾两次签署版权委托书，将其所有著作的版权，包括已出版的书籍文章和未发表的文稿，交由我代理。但梅娘逝世十年来，只有少数使用者依法与我办理了版权手续。这种状况亟待改变。

② 梅娘：《写在〈鱼〉原版重印之时》。第 36-40 页、135 页。

材，如《郭玉恩农业生产合作社为啥丰产》（1953）等。根据未经证实的材料线索，还有：

　　《增产越多越光荣》（连环画改编），朝华美术出版社，1955

　　《一朵小红花》（连环画，加瑞改编）

　　北京人民美术出版社已通过连环画改编稿本审查的，有评剧《志愿军的未婚妻》、歌剧《向阳河干的时候》等。

　　梅娘还有一些剧作。除了三个"科教电影文学剧本"外，或编或导的其他影片有《安徽省农业展览会》（1957）、《乙烯利催熟棉花》（彩色，1982）、《水乡绿化》（彩色，1985）等，均为新闻纪录、农业科普片。这与她就职的农业电影制片厂的行业分工有关。即使在专业性很强的纪录片里，梅娘也能试图融入文学元素。以《红松林的故事》为例，采用拟人手法，在娓娓道来中，把自然生态知识通俗化，隐约可见童话故事的影子。

第二类，梅娘的翻译作品

　　从1936年发表的翻译散文《重逢》，到2000年出版的学术译著《玉米地里的作家——赵树理评传》，其间时间跨度达六十五年。完成于梅娘文学生涯不同时期的译作，在题材上随时代的转变而发生变化。

　　《重逢》是梅娘"满洲国"时期的翻译处女作，未注明原作者。诗歌《生之交响》吸引梅娘的，是日本诗人福田正夫在诗中所营造的"热情与忧郁交流"。

　　1939年2月，梅娘随丈夫柳龙光赴日本大阪，居家专职写作。在大阪的两年多，是梅娘翻译生涯中的一个多产时期。此时，梅娘、柳龙光夫妇与留日学生于明仁①、田琳（但娣），以及同在大阪每日新闻社任编辑的鲁风②、雪莹、张蕾等，结成类似文学沙龙的同人学习小组，并以"海外文学选辑""日本现代诗选辑""海外文学别辑"等系列专栏的形式，系统向华文读书界译介国外文学。这些专栏主要设置在《华文大阪每日》半月刊、长春的《大同报》以及北京的《中国文艺》月刊上。专栏中的梅娘译作有小说《晴天的雨》（[日]森田玉）、《奇妙的故事》（[德]H.海塞），散文《满洲文化一面观（一）——在满洲所见的孩子》（[日]长谷健）、《满洲文化一面观（二）——日本的延长》（[日]小田狱夫）、《满洲文化一面观——旷野上的人们》（[日]吉屋信子）、《寄自北满之旅》（[日]冈田槙子），诗《采莓之歌》（[俄]普世庚）、《天使》（[俄]莱蒙托夫）、《夜风》（[俄]秋契夫原作）、《歌》（[英]雪莱）、《寄夜》（[英]雪莱），以及《波斯童话——幸运的法尔克鲁兹》《土耳其童话：美丽的蔷薇公主》等。梅娘翻译的欧洲作品，均转译自日译本，如《奇妙的故事》依据的是竹越和夫的译本，《歌》《寄夜》依据的是正富汪洋的译本。③

① 于明仁（1917-1988），黑龙江通河人，笔名田琅。1936年赴日。1942年京都帝国大学经济学部毕业后返满，曾任外交部调查属官。解放后入职北京经济学院，后改称首都经济贸易大学。田琅和但娣两人原为恋人，在日期间分手。梅娘的《纪念田琳》（《文学信息》89期，1992年8月31日）有详尽的记述。

② 鲁风，又名陈涛堃。1943年从东北移居北京。战后曾与柳龙光创办《新平晚报》。后返回东北，任国民政府军杜聿明部校级参谋。新中国成立后，在对外贸易部工作。

③ 秋田大学羽田朝子教授有出色的研究，如《梅娘等〈华文大阪每日〉同人们的"读书会"》（收入[日]大久保明男、[日]冈田英树、代珂编：《伪满洲国文学研究在日本》，哈尔滨：北方文艺出版社，2017）等。

　　按常理，日本是宗主国，满系作家又以精通日语者居多，介绍外国文学时选译日本文学作品既稳当也方便。但仅从梅娘文学译品的篇目来看，大阪翻译学习小组克服困难，刻意构建优秀的、平衡的世界文学借鉴界面。这在东亚殖民语境中别具意义。这是因为，后起的日本东方殖民主义复制西方殖民主义。而后为了独霸亚洲又"脱欧入亚"，转而抵抗西方中心主义逻辑。日本发动的击灭美国、英国的"大东亚战争"，开启了"脱欧"疯狂之举，把这一逻辑推向了极致。与此相一致，日本的战时主流文化随之转向国粹主义和法西斯主义，"大和文化"成为排斥其它文化的最高文化，对于各国特别是西方文学的借鉴，也就让位于沦为政治宣传工具的大和文化、国策文学。这也成为日伪文化统制和书报检查的预设目标和实施原则。放在这样的脉络中来审视，梅娘他们克服语言局限，采用从日译本移译的方式，广泛译介各国名家名作，有助于突破日本殖民文化霸权，表现出一种世界主义的开放观念。这当然是与日式东方殖民主义相敌对的。①

　　北京时期，从 1941 年 6 月到抗战胜利，短篇译作主要有两类。一类是日本女作家细川武子的系列小说《翌年之春》《哥哥》《家》《女人》《千人针》。另一类是在京日侨青年同人作家的作品，如饭塚朗的小说《院内雨》、小滨千代子的《桂花》等。

　　《白兰之歌》《母之青春》和《母系家族》是梅娘民国时期的三部长篇译作。

　　1939 年 8 月 3 日，久米正雄（1891-1952）的长篇小说《白兰之歌》

---

① 详见张泉的《殖民拓疆与文学离散——"满洲国""满系"作家/文学的跨域流动》。第八章《满系的离散：前往日本大阪》中的第三节《"华每"与日本统治区文坛》，第 258-261 页。以及第一章《日据区文学跨域流动政治研究关键词》中的第一节《日式东方殖民主义》。

在《大阪每日》《东京日日》上同时连载。三个月后，由山口淑子（李香兰）和长谷川一夫主演的同名电影，分上、下两集在日本公映。梅娘的中文译本，从 1939 年 11 月 28 日开始在新京（长春）的《大同报》上连载。1941 年 1 月 22 日结束，历时一年零二个月。小说以日本的对外拓殖政策为背景，描述日本移民在"满洲国"垦荒的故事。梅娘在她的译序《献》和《译后记》中，欲说还休，均流露出批判审视的疏离立场。当代日本汉学家岸阳子发现，梅娘《白兰之歌》的中文译本存在误译和缺漏、改动的情况。岸阳子认为，前者说明译者的日文程度还有待提高，后者有可能是悄然的抗议之举。①

《母之青春》的作者丹羽文雄 (1904-2005)，日本"风俗小说"代表作家。幼儿期，他的母亲弃家出走。1926 年在早稻田大学国文系学习时，在与火野苇平等同学创办的同人杂志《街》上，他发表的第一篇作品《秋》，就是以母亲的出走为题材的。

丹羽文雄战前的小说大多描写被封建家庭制度抛弃的不幸妇女，主人公大致分为两类人：生母；老板娘。《母之青春》属于前者，以一个出走在外的母亲和一个抱养的女儿的曲折经历为主线，描写儿女不同的心性和情爱。七七事变后，丹羽文雄发表了《未归的中队》《上海的暴风雨》《变化的街》等"战争文学"。梅娘于 1941 年 5 月从大阪移居北京。她没有翻译丹羽文雄的"战争文学"，而是选择了他"转向以前的最末一篇关于男女问题的创作"《母之青春》。对此，梅娘

---

① 岸阳子：《另外一部〈白兰之歌〉——浅析梅娘的翻译作品》，日本《殖民地文化研究》2004 年第 3 期。第 39-48 页。2004 年 9 月我曾与梅娘一起访日。期间，梅娘曾回忆说，《白兰之歌》的翻译任务是《大同报》指派的。1939 年 2 月她离开东北后，小说的译者易人。在《我与日本文学》一文中，梅娘也有相类似的说法。侯健飞编：《梅娘近作及书简》，北京：同心出版社，2005。第 168 页。

做了明确的说明：因为这篇小说"从男女的爱欲间而追求社会的伦理问题"。①半个世纪以后，梅娘在回忆文中又做了类似的陈述：

> 从日本回到北京之后，我翻译了丹羽文雄的《母之青春》，是在一种既志愿又无奈的情绪下执笔的。丹羽是日本命名为"笔部队"的成员之一，他为战争摇旗呐喊，我不愿译他的这类作品，他又是"大东亚文学者大会"的主持人之一，我选择《母之青春》，因为书中讲的是母女两人对待爱情的不同态度，这和我的主题相近。我还有一点私心，想《母之青春》也许能够冲淡中国人对丹羽战争文学的厌恶吧！包括我在内。②

战后，丹羽文雄曾担任日本文艺家协会会长。

《母系家族》的作者为石川达三。③1937 年 12 月 13 日，南京被日军攻陷。29 日，他以《中央公论》特派作家的身份抵达南京。南京大屠杀惨状仍历历在目。在中国华中（现华东）战场实地采访之后，石川达三发表了报告文学《活着的士兵》（1938）。由于作品中出现"皇军士兵杀戮及掠夺非战斗人员、纪律松散等情节"，透露了日本士兵的厌战情绪，以及滥杀无辜的暴行，客观上揭穿了日本美化侵华战争的谎言。为此，石川达三被日本军部判处有期徒刑四个月，缓期三年执行。这是在扩大侵华战争的七七事变之后，日本遭受刑罚的第一个知名作家。《活着的士兵》一时间成为具有国际影响的重大文学事件，

---

① 梅娘：《丹羽文雄介绍》，《民众报》1942 年 8 月 1 日。第 4 版。

② 梅娘：《我与日本文学》，收入《梅娘近作及书简》。第 169 页。

③ 石川达三（1905-1985），早稻田大学肄业。1930 年曾在巴西居住半年。1935 年的中篇小说《苍氓》以巴西的日本移民为题材，曾获得芥川文学奖。战后，石川达三担任过日本文艺家协会理事长、日本笔会会长等职。著有 25 卷《石川达三全集》（东京：新潮社，1972）。

中国很快出现了好几个译本。石川达三为了改变个人及《中央公论》杂志的处境，第二年很快又发表了为日本侵华战争张目的《武汉作战》（《中央公论》1939 年 1 期）。梅娘避开《活着的士兵》和《武汉作战》，只介绍石川达三的《结婚的生态》《人生画帖》《转落的诗集》等风俗小说：

> 石川氏的小说，是以表现男性与女性的自我，及男性女性企图征服对方，并且追求调合这两种形态为骨干的主角，只是被社会压抑了的女性，石川氏用他的生花妙笔替这些不幸的女人呼求着理解，幽述着阴郁，反抗着社会待遇的不平。也嘲笑了女人的愚昧。[①]

梅娘的分析与认知，堪称鞭辟入里。

作为日本风俗小说代表作之一，《母系家族》的背景是一座公益公寓，专门收容失去生活来源的母亲们。在这个舞台上，展开了各类女人在恋爱、婚姻、家庭纠葛中的众生相。主人公高村律师也处在情感的漩涡中。他从救助实践中认识到，他开办的这座公寓无法成为改变女人命运的避难所。于是，他开始进军政界，期望在国家制度的层面上推进"母子保护法"，把女性地位问题从个人奋斗升华到社会保障的层面之上。高村最后成功当选议员，并获得美满爱情。这样的题材、观念，正与梅娘的女权立场较为接近。

受外国文学的多样性和译者主体条件的特殊性的制约，译事注定是一种个人化的选择。总的来说，梅娘的大多数文学翻译游离于殖民地文化统制，而是与她个人的人生经历和文学志趣密切关联，并且与自己的创作形成互动。也就是说，梅娘作品中一贯的女权意识和对被

① 梅娘：《石川达三氏小介绍》，《妇女杂志》3 卷 11 期（1942 年 11 月）。第 51 页。

压迫被侮辱的底层生存的关怀，使得她在选择翻译对象时，自觉不自觉地把重心放在妇女生活和女性解放的题材和主题之上。反过来，通过翻译活动，梅娘对域外的女性文学和妇女题材作品有了更为深入的了解，并有所借鉴。梅娘在北京沦陷后期的小说创作，注重叙事结构，以及典型环境的中的人物塑造，在保持引人入胜的故事性同时，又融入了纯文学构成要素。而这，也正是日本的风俗小说在由传统向现代转变的过程中出现的一个突出特点。

在晚年，梅娘还曾对石川达三的《母系家族》和《活着的士兵》做比较，并提到无论是在中国还是在日本，都早已鲜有人提及的《白兰之歌》。

2004 年 9 月，应日本"满洲国"文学研究会邀请，梅娘赴东京访问，先后在庆应大学和明治学院大学做演讲。邀请人为东京都立大学教授大久保明男，以及现已调职东京外国语大学的桥本雄一教授。木山英雄、冈田英树、藤井省三、杉野要吉、西田胜、西原和海、田中益三、渡边澄子、平石淑子、黄英哲等一批资深学者莅临，许多中青年中国现代文学研究者到场。梅娘在演讲中说：

> 翻译石川达三的《母系家族》出自同样的心理。石川的《活着的士兵》在中国翻译出版后，效果可能与他的愿望相反，因为他真实地描写了日本兵在中国的暴行，从侧面为侵华战争的残酷做了真实的注脚。随着战争的推进，我已经悟到了日本文坛也和我们一样，有"从政"和"为民"的分歧；从政的《白兰之歌》很快就销声匿迹，暴露真相的《活着的士兵》则留存了下来。①

演讲现场，反应热烈。

---

① 梅娘：《我与日本文学》，收入《梅娘近作及书简》。第 169 页。

　　新中国时期，梅娘受到不公平的对待，脱离社会生活长达二十多年。1970 年代末，梅娘得以重新执笔翻译，开始以柳青娘为笔名，尝试在香港发表趣味性的短篇译文，如《名字啊！名字！》《日本文化人的下酒菜》《"左撇子"种种》《日本的节日佳肴》等。《〈复仇〉和长谷川如是闲以及阿尔志跋绥》（[日] 藤井省三著）、《对〈侨民〉的评说》（［日］岸阳子）是学术论文。还有介绍中国的文章《中国涌现了真正的"新农村"》，以及日本作家伊藤永之介的新中国游记《有朋自远方来——中国点滴》等。译著《茶史漫话》（[日] 森本司朗）、《玉米地里的作家——赵树理评传》（[日] 釜屋修），均是梅娘的用心之译作，其来龙去脉，可参阅梅娘本人的记述，[①] 以及梅娘附在两书里的译后记等。

　　需要说明的是，《玉米地里的作家——赵树理评传》的原作书名为《中国的光荣与悲哀——赵树理评传》（1979）。经原作者釜屋修同意，梅娘将她的中译本书名改为现名。该书中的一些片段曾先期发表，如《喧笑声中（介绍赵树理小说中登场的喜剧人物）》（《文艺界通讯》1984 年 12 期）、《为农民读者——〈赵树理评传〉的第十章》（《批评家》1988 年第 2 期）、《还我作人的权利——福贵的控诉》（《赵树理研究》1992 年 2 期）等。

　　未刊稿《泥泞半生记——乙羽信子自传》，是日本影视女演员乙羽信子的传记。梅娘翻译这部自传，与乙羽信子在其中担任重要角色的电视连续剧《阿信》有关。

　　1983 年 4 月 4 日至 1984 年 3 月 31 日期间，日本放送协会播放了长达二百九十七集的电视连续剧《阿信》。该剧讲述日本佃农的女

① 梅娘：《关于〈茶史漫话〉》，收入张泉选编：《梅娘：怀人与纪事》。

儿阿信从七岁到八十四岁的生命历程，她的少年、青年时期，她在战时战后的艰难困苦中的挣扎、奋斗。为了生存，阿信沿街叫卖渔获和蔬菜。到五十岁时，开始经营田仓商店，最终大获得成功。"阿信"也成为女性创业者的代名词。饰演阿信的演员有三位，乙羽信子扮演戏份最重的战后阿信，即五十岁以后的阿信。电视剧在日本国内首播期间，平均收视率高达创纪录的 52.6%。曾在世界六十三个国家和地区播放。

中国大陆中央电视台在 1985 年引进《阿信的故事》。阿信的励志传奇，正与 1980 年代中国思想解放大潮下的经济转型合拍，首播期间，几乎万人空巷，收视率超过日本，达到 80%。这样，阿信的扮演者乙羽信子在中国也成了受到追捧的偶像。

其实，演员乙羽信子本人也是历经战时战后艰苦时期的传奇人物。她从底层人家的养女到大明星的坎坷奋斗历程，与阿信有异曲同工之处。早在饰演阿信之前，她的《泥泞半生记——乙羽信子自传》已在《朝日周刊》上连载。1982 年出版单行本（朝日新闻社），是年度畅销书之一。长篇电视连续剧《阿信的故事》又进一步提升了乙羽信子的知名度。于是，1985 年末，梅娘应北京出版社之邀，开始翻译该书。

可是，就在梅娘"交稿前夜，1986 年 7 月工人出版社由三人合译的版本抢先出版，北京出版社考虑发行困难，没有付印。"①

梅娘勤于著译。除了美文外，遇到与自己或朋友有关的日文材料，她也会随手译出。比如作家史铁生在文章中提到这样一件事：梅娘"现在一个人住在北京。我离她远，又行动不便，不能去看她，不知道她

---

① 梅娘：《〈泥泞半生记〉介绍》。此文为手稿。文章对于乙羽信子自传的概括与介绍，有梅娘自己的独特视角，融入了她本人的人生体验。

每天都做些什么。有两回，她打电话给我，说见到一本日文刊物上有评论我的小说的文章。'要不要我给你翻译出来？'再过几天，她就寄来了译文，手写的，一笔一画，字体工整，文笔老到。"①这篇译文目前还没有找到。梅娘没有发表过的翻译文章，还会有一些。

第三类，梅娘的书信

从目前征集到的梅娘的书信来看，具有以下几个特点。

首先，时间跨度大。

最早的信，写于1942年，发表在北京的《妇女杂志》（3卷12期）上。主要解答武汉一名女性考生的问询，涉及北京高等学校对考生资质的要求、市面上的流通币种以及不同类型学校间的学费差异等实际问题。梅娘曾在《妇女杂志》3卷6期至8期（1942年6月至8月）上连载《大学女生在古城》系列报道，详细介绍北大医学院、北大文学院、辅仁大学女院、北京师范大学女院以及中国大学等几所公立、私立高校。由这组文章以及读者来信和回复所构成的讯息网络，提供了了解特定时空中的女性学历教育实况的另一类资料。

最晚的一封信，写于2012年11月24日。梅娘在1957年的政治风暴中落难，被发配到劳改农场。在此期间，她与一批也沦为劳动教养对象的知识女性结下了深厚的友谊，有许多在平反以后，一直保持着往来。即使当年的难友去世了，仍与其亲属互有联系和问候。这封信，就是在接到已故诗人难友孙略的丈夫钟嵘的电话之后写就的。后者曾任湖南常德文理学院副院长。此时，梅娘已96岁高龄，听力有些失聪，

① 史铁生：《孙姨与梅娘》，《北京青年报》2001年5月22日。

到了"靠电话问候非常困难"的生命尽头。通过电话之后，她又拿起笔，以文代言。在信中，梅娘感叹难友们在一个个的老去，诉说自己的"单身之苦"，以及"与大自然隔绝，斗室闲步"的困境，同时，也不忘祝愿老钟的体检不要查出"什么癌症"。难友间的牵挂扩展到难友的亲人。可见患难见真情。

最早的和最晚的这两封信之间，时间间隔逾七十载。往事依依，时光就是如此！耄耋之年，个体力所能及的，只有"彼此祝福吧！"在曲折跌宕的人生旅行行将结束之际，真情依旧不泯。

其次，通信对象的范围广泛。包括亲属、同事、朋友、领导、文学编辑、文学研究者、作家，以及朋友家保姆的女儿、素未平生的读者，或者用梅娘的话来说"信友"。

最后，信函的内容包罗万象，是了解梅娘、梅娘创作的一个窗口。藉由梅娘的视角，也可一窥变迁中的文坛往事、社会百态。

对于梅娘信函的文学价值，上海作家韦泱有云："其实，梅娘的信，全可当作美文赏阅。她娓娓道来，谈她自己的所闻所见，所思所想，谈读书，谈友情，谈人生，一任无羁的思想在稿纸的原野上奔驰。既信手拈来，又涉笔成趣。信写到如此份上，真叫绝了。"[1]他的总结到位，无需我再赘述。

如果能够将梅娘收到的信，一一附在梅娘回信的后面，形成互文，书信集的内容可能会更加丰富。相信也会更具史料价值。

---

[1] 韦泱：《读梅娘的信》，上海《东方早报》2013 年 5 月 9 日。

🏛 第六章　梅娘第五个创作阶段热点议题六题

在1944年11月出版的《作家生活》连刊里，编辑山丁^①的刊首文章《北方的作家（1）》，重点评介了袁犀、梅娘和马骊。^②这是日本侵占北京时期，对沦陷末期影响较大的三位新文学小说家所做的最后的认真评介。梅娘的主要代表作，梅娘的文学成就集中在她的第一个创作阶段民国时期，当年有关梅娘的评论、报道约有四十余篇。而对于梅娘透彻深入的研究与评价，出现在四十多年以后，在她的第五个创作阶段。

从1987年梅娘进入文学创作的第五个阶段之后，与她如影随形的，是她作为小说家的自身的宿命，以及在沦陷区文学艰难浮出水面的蛇行斗折进程中所发生的商榷、讨论和批判。所有这些，推动了梅娘研究、东亚殖民与文学研究、乃至中国20世纪文学研究一步步走向深入。这里选择其中的六个议题略加辨析。

---

① 梁山丁（1914-1995），辽宁开原人。伪满时期，与萧红、萧军等同为哈尔滨左翼文学群体的成员。1943年流亡北京。著有短篇小说集《山风》（1940）、《乡愁》（1943），诗集《季季草》（1941），散文集《东边道纪行》（1942），以及长篇小说《绿色的谷》（1942年在长春《大同报》连载）。1945年在北平艺专教书时参加了共产党领导的地下活动。解放后任报刊编辑。1957年被划为右派。平反后获得离休干部待遇。晚年对东北沦陷期文学研究做出过重要贡献。参见陈隄、冯为群、李春燕等编：《梁山丁研究资料》，辽宁人民出版社，1998。

② 马骊（1915-1985），另名马秋英等。河北吴桥人，1937年参加过国民政府的抗日武装队伍。40年代初在京津地区的新闻出版界从业。著有小说集《太平愿》（1943）、《骊骍集》（1945）。在新中国，曾任天津市政协副秘书长、天津民革副主任。

第一节　小说家的无奈：未刊稿《芦苇依依》

梅娘创作生涯的第五个阶段，与她 1979 年 6 月至 1986 年的第四个阶段不同。在第四个创作阶段，梅娘在失业二十一年后，在政治上得到了平反：

> 孙嘉瑞同志自参加工作以来是愿意接受党的领导的，对工作是努力的。是属于错划的右派分子，应予改正。孙所定反革命分子是在定右派后加戴的帽子，因此，应当改正孙嘉瑞同志所定右派分子的同时，撤销其 58 年 3 月定为反革命分子以及开除公职的结论和决定。恢复其原级别（文艺 11 级）原工资（84 元），回北京农业电影制片厂工作。①

政治平反唤醒了梅娘的创作欲望。她立刻重新拿起笔，"以极其复杂的心绪，写就了复苏后的第一篇散文，不敢投寄国内，找了'关系户'。一点自豪的是：诸般磨难，爱国深情未有稍减。未敢写'梅娘'。"②这政治上"复苏后"的第一篇散文是《新美人计》，发表在香港《大公报》（1979 年 6 月 10 日）上，署名柳青娘。两年后，在大陆发表的第一篇作品《春城游》署名孙家瑞。③

而在从 1987 年开始的第五个创作阶段，梅娘迎来了政通人和的最好时期，得以重新使用"梅娘"署名发表新作。这意味着她在文学上也恢复了名誉，标志着她在第一个创作阶段即沦陷时期的文学实绩，

---

① 中共北京农业电影制片厂委员会：《关于改正孙嘉瑞同志被划右派分子和撤销反革命分子的复查结论（1979 年 1 月 22 日）》。
② 梅娘：《为什么写散文》，张泉选编：《梅娘小说散文集》。第 13 页。
③ 孙家瑞：《春城游》，《旅游》1981 年 1 期。

迟到地被当代文坛认可。

　　第五个创作阶段的前奏曲，是一年前春风文艺出版社首次推出的"东北沦陷时期作品选"丛书的第一本《长夜萤火——女作家小说选集》，①悄吟（萧红）、刘莉（白朗）、梅娘、但娣（田琳）、吴瑛、蓝苓、左蒂和朱媞八位女作家入选。梅娘有《侏儒》《黄昏之献》《春到人间》《行路难》和《蚌》五篇。出版社当年曾在沈阳召开出版研讨会。五位在世的入选者中，只有革命作家刘莉没有出席。

　　《长夜萤火》的出版激发出梅娘回归小说创作的勃勃雄心。就在1987年当年，她立刻依据"一位老革命"提供的素材，完成了一部描写1930年代地下工作的《芦苇依依》。但在新时期小说创作不断推陈出新的大潮中，传统的"革命回忆录"故事已经不入竞争激烈的文学编辑们的法眼。以小说家立身的梅娘深感受挫和失望："我认为的情真意切，实际没有受众效应。'依依'就这样睡在了我的书桌里，宣告了我为文的终结。"②

　　一个时代有一个时代的小说。此时的梅娘已迈入古稀之年，无力从心所欲，"影响的焦虑"开始困扰她。她心有不甘地终止了小说创作。

　　《芦苇依依》是一部中篇，原称《依依芦苇》，创作于上个世纪80年代。从所见梅娘的信件来看，她本人非常重视这部作品，比如，梅娘自陈：

　　我拟在作品集中"加入一篇虽写于1987年，但反映上世纪三十年代地下工作的中篇《芦苇依依》，他们同意。目前稿件已编辑完毕，

①"东北沦陷时期作品选"丛书的第二本是梁山丁的长篇小说《绿色的谷》（1987）、第三本是男性作家的作品集《烛心集》（1989）。
②见1996年11月27日梅娘致柳青、如眉。以及2005年5月1日梅娘致陈学勇。

可能由于种种原因，尚未通知我付印日期，我正在等待中。"①

"选集的事，我并不是犹疑，而是想加进两篇新作。一篇是旅游时写就的一个短篇：《立此存照》（七千字），一篇是早有一稿的《依依芦苇》（六万五千字），吸取海外的开导，将《依依》作了修改。我试想解读一个时代，但仍未能写出时代的厚重，这是智识的欠缺，更是生活的欠缺，本想弃之，又舍不得其中的一些抒发。因此，在踟蹰。如你愿作评说，寄你一看如何？"②

"我想好好地写两篇小说，总是不如意……尽管现在形势不同，我只是想解读一个时代，写得不好，是我功力不够，因为是革命回忆录，便被否定，是否不太公平。当然，我不是为我辩解，最近读到原《人民日报》总编辑胡绩伟的短文，也反映了我们那个年代的心态，《依依》写得不好，是我没有表达好。"③

"新世纪以来，我写了一个中篇，暂名'依依芦苇'或'芦苇依依'（一位老革命提供给我的素材），被北京和台北两地拒绝，可能的原因是：台北不耐循读共产党人的摸索足迹；北京则喜欢宜粗不宜细、喜欢粗说历史，渲染当前……"④

其实，当年北京一著名大型文学刊物的编辑曾对《芦苇依依》有过这样的评价："作品写三十年代初期，我党在河套地区发动群众抗税、做兵运工作等。作品的时代气息及生活气息很浓。读后使我感到，

①1989 年 8 月 31 日梅娘致吕钦文。
②1995 年 10 月 4 日梅娘致潘芜。
③1996 年 11 月 27 日梅娘致柳青、如眉。
④2005 年 5 月 1 日梅娘致陈学勇。

您本人似乎就参加了当时当地的革命工作似的，否则怎么能言出如此细腻，真实的历史与情节来呢？我这样讲，是感到您掌握的材料、写出的情节，塑造的人物结合得相当准确。这不是现今一些年轻作者写过去时代生活所能比拟的。"还说：小说的"开篇很有吸引力，铺垫，介绍人物也很有特色，一挂大车、郭春与刘掌柜……"①这是来信的仅存部分，从中可以见出，评价是肯定的。但《依依芦苇》一直没有机会面世。

梅娘是一位小说家。主要由于客观方面的原因，她的小说创作止于1953年，时年36岁。在《什么才是爱情》发表之后，再也没能有小说作品面世。对此，梅娘晚年还在耿耿于怀。②

说到底，一个时代有一个时代的文学，特别是对那类紧密贴近现实的小说而言。1950年代以后的梅娘，以散文、翻译作品名世。梅娘散文里过多的虚构，是否与她难以化解的小说家情结有关，也未可知。

第二节　再版民国时期旧作的修改问题

作家在有机会重新出版自己的旧作时，一般都会进行修订。个中缘由，一是笔误和出版物中的校对差错，在所难免。二是彼一时此一时，总有不合时宜的地方。三是作者有了新的识见，力求可以将其添加进去。引起质疑和批评的，往往不是勘误，而是关涉到时代特征和价值取向

---

① 摘自文学杂志编辑退稿信的残篇。
② 梅娘：《我对自己一生的剖析》，手稿。

的改写，特别是第三点。梅娘的一些旧作新版也不例外。[1]

《历史重建中的迷失——沦陷区作家梅娘研究》(2004)把收入《梅娘小说散文集》(1997)的《蟹》《傍晚的喜剧》和收入《寻找梅娘》(1998)的《侨民》这三个修订本，与发表于1940年代的三个首发文本作比对之后，发现了两个问题。

首先，修订版注入了战后话语，如《傍晚的喜剧》中的"他不是尊敬我，而是尊敬那统治人类的等级""来自臣属的土地""朝鲜师哥""师哥是朝鲜人，朝鲜人是二太君""叫我妈送兔子去慰问太君""送你进小衙门灌你辣椒水"等。

第二，半个多世纪之后的重刊本通过调整情节、重置背景、重塑人物、转变身份意涵以及转换与隐藏情感等方式，将原作里的看似有认同上的迷惑与动摇之嫌的语句加以清理，"简化殖民地社会的多重矛盾、刻意彰显日本侵略者罪恶"，完成了"去殖民化"。这就在一定程度上遮蔽了历史真相。与此相一致的是，梅娘复出后的一些自传文字，致力于个人历史记忆的再营造。[2]

---

[1] 如赵月华：《历史重建中的迷失——沦陷区作家梅娘研究》，硕士论文，清华大学，2004；岸阳子：《论梅娘的短篇小说〈侨民〉》，郭伟译，《抗战文化研究》第1辑(2007)；王劲松、蒋承勇：《历史记忆与解殖叙事：重回梅娘作品版本的历史现场》，《文学评论》2010年1期；张泉：《构建沦陷区文学记忆的方法——以女作家梅娘的当代境遇为中心》，《山东社会科学》2013年10期；陈言：《历史在场：殖民地的日常体验——兼谈梅娘作品的改写及由此产生的问题》，收入《忽值山河改：战时下的文化触变与异质文化中间人的见证叙事(1931-1945)》，中央编译出版社，2016；王晴：《"阪急电车"中的时空错置——论梅娘小说〈侨民〉的两个版本》，《中国现代文学研究丛刊》2017年12期；等等。

[2] 对此，有学者认为，那是"体制钳制下个人做出的调适或妥协，它既是梅娘个人的精神史，也是不同体制下中国知识分子精神成长史的典型。" 陈言：《战时下的文化触变——以梅娘为个案》，《中国图书评论》2013年7期。

作品再版时加以修改，是文学生产、传播史中的一种常态化的流程，版本考察因而也就得以成为一个独立的研究专题。不过，当对象是殖民地作家的时候，重心会更多的向政治面向倾斜。上文难能可贵之处在于，不是机械地贴上政治标签，而是进一步探讨原因：在"经历过一次次政治运动的严酷打击"之后，有意"重建起另一种历史记忆"；"她的记忆已经在漫长的苦难经历中扭曲变形。"结论是，尽管如此，梅娘的"小说主体，还是表现了坚持与反抗，尤其是定居北京以前的作品。在日本殖民的严酷统治下，这是很不容易的。"同时提出：沦陷时期，"在前途难见分晓的时刻出现迷茫、困惑甚至动摇，这才是真实的梅娘。在时代转变之际，梅娘不必隐藏、否定自己！我们也可透过阅读她的作品，回顾国土沦陷的时代，从而反省沦陷区人民复杂的精神历程。"

日本学者岸阳子高度评价《侨民》原作："向'性歧视主义（Gender Ideology）'断然发出了抗议；对所谓'母性'进行了冷峻尖锐的解剖。她对作为构成男权文化装置而存在的性差（Sexuality）的凝视等更包含着关系到人类存在根源的重要质疑。这些就今天来看也不失其新意。"在复杂险恶的环境中，"梅娘明智地认准了'自己想说的是什么？''现在能说的是什么？'并且竭尽全力地倾诉了。可以说她的作品通过对比'爱国抗日'更深层次的人类存在根源的凝视，获得了不朽的价值。"甚至提出，《侨民》是解读梅娘沦陷期创作的钥匙。对于新时期的修改本，则提出批评："用今天的观点改写成的《侨民》，不仅失去了原作所拥有的真实性和在极限状况下产生的语言张力，也失去了作为同是'侨民'的作者那抑郁的情感，变成了单纯的饶舌。"

也有当代学者用"种族观"的"索隐"方法，对《侨民》的初版也一并加以全盘否定："在日本人大讲'五族协和'的语境中，民族歧视的现实使作家急欲摆脱'满洲人'的身份，对同类殖民地人的认同拒斥，显示出作家力图以去边缘化来纳入上等民族——日本人的种族行列的心境。"《侨民》是梅娘旅居大阪时发表的。梅娘移居北京沦陷区后"积极介入日本文化中心"的心理演进，可以上溯到《侨民》。① 依循这样的推定方式，对《侨民》新时期修订本的否定，自然也就更为彻底了。

不过，上述解读法至少忽略了两个事实。

第一，沦陷时期的北京不是"日本文化中心"，而是华北中文读物的出版中心，中国文化认同的中心，因而才有大批不堪忍受殖民文化统制高压的台湾、伪满作家，纷纷流亡北京。②

第二，"五族协和"只是针对伪满一地的蛊惑宣传口号，以期东北不同族群间相安无事，助成殖民统治的长治久安。而在日本本土，在其他日据区，没有类似伪满的族群结构，因而不存在"'五

---

① 王劲松：《殖民异化与文学演进——侵华时期满洲中日女作家比较研究》，博士论文，四川大学，2007。第 230 页。

② 参见张泉：《张我军与沦陷时期的中日文学关联》，《中国现代文学研究丛刊》2000 年 1 期；《抗日战争时期中国沦陷区的言说环境——以北京上海文学为中心》，《抗日战争研究》2001 年 1 期；《张深切移居北京的背景及其"文化救国"实践》，《台湾研究集刊》2006 年 6 期；《沦陷区中国作家的文化身份认同与政治立场问题——以移住北京的台湾、伪满洲国作家为中心》，《抗战文化研究》第二辑（2008）；《殖民／区域：建构中国现代文学史的一种维度——以日本占领华北时期的北京台湾人作家群为例》，《文艺争鸣》2011 年 9 期；《台湾日据期精英的跨域流动与地方世界的新视域——以新竹风云人物谢介石为中心》。《殖民拓疆与文学离散——"满洲国""满系"作家／文学的跨域流动》一书，则对伪满的中国人离散作家做了尽可能详尽的考索。

族协和'的语境"。当时，朝鲜人具有日本国籍，在"满洲国"社会分层中高于满人（中国人）。[①]因此，如果在《侨民》中读出拒绝认同朝鲜人的话，那是在拒绝认同高于中国人的二等日人。如果在《侨民》中找到摆脱"满洲人"身份的意欲的话，那是在表达摆脱"满洲国"的愿望。像移居北京的众多伪满、台湾文化人一样，梅娘战时的移动路线，正是离开殖民统制更为严酷的"满洲国"、台岛的流离之旅。

走出沦陷区。其它政治区划的作者，比如国统区、抗日民主根据地的作家，在再版旧作时，一般也会做各种修订的。应当把大幅度的修改本看作一个新的文本。因为时代变了，统治体制变了，社会制度变了，是在另一个迥异的文学场域中重新书写，修改本自然也就成了事实上的"这一个"文本，反映了作者有别于当时的当下识见、情怀，或者心机、图谋。修改本对作家研究乃至文学史书写大有裨益：藉由新旧文本的比对，可以窥见政体变更和时尚转换的影响，不但不会在更大的程度上"遮蔽了历史原貌"，反而彰显了具象历史的复杂性，有助于接近实际上不可能返回的"历史原貌"。[②]

此外，还需要清楚的是，文学文本的每一版本的最终样貌，是文学生产场域中的各个有形的和无形的权利方博弈之后的妥协的产物。"有形的"，主要指新闻检查制度。"无形的"，包括时尚和作者的

①但在实际操作层面上，朝鲜人同中国人一样，都是殖民当局提防、蔑视的对象。见发放给在满日本人官吏的秘密手册《日本人服务须知》。参见《殖民拓疆与文学离散——"满洲国""满系"作家/文学的跨域流动》中的第四章第四节《"鲜系"文学》。

②参见本章第五节《"自述"体怀人纪事文的阅读法问题》。这一节从历史学和接受美学的角度，对"自述"文体加以辨析和界定，并对怀人纪事类散文文本的阅读方法问题，做了初步的探讨。

自我审查。这是不分国别和时代的通例。因此，在讨论作品再版的"修改"问题时，更富于学术性的方法，或者换句话说更具有历史感的做法，是将其当作研究的对象，而不是指责的目标；只归咎于文学场域系统工程中的主要责任者作者，无视审查、流通、接受的各个环节，至少会有可能造成以偏概全的好丹非素，或者以己度人的想当然。

第三节 "南玲北梅"现象

对于"南玲北梅"这一说法的质疑，始于1998年，即梅娘进入她的第五个创作阶段之后的第十一年。而后相关探讨断断续续，时有心平气和的辨析，多有因材料有限而产生的重复。①

所谓"南玲北梅"，系指近八十年前，在日本占领地区，据说有两位曾被并称过的知名女作家：南方的张爱玲，北方的梅娘。由于目前还缺少沦陷时期的直接证据，所以才一直有零零星星的考据、推论。

直到2006年1月，首次有文章给出了不容置疑的定性结论："2005年11月30日的《中华读书报》载有止庵先生《关于"南玲北梅"》一文，从上海的宇宙风杂志和张爱玲方面，考证了'南玲北梅'之说的不可

---

① 张泉：《华北沦陷区文学研究中的史实辨正问题》，《中国现代文学研究丛刊》1998年1期；止庵：《关于"南玲北梅"》，《中华读书报》2005年11月30日；止庵：《"南玲北梅"之我见》，《文汇报》2005年12月24日；张泉：《"南玲北梅"辨析》，上海《读书周报》2006年4月3日；张泉：《也说"南玲北梅"——兼谈如何看待"口述历史"》，上海《中文自学指导》2007年1期。后一篇的日译本刊《中国東北文化研究の広場》第1号（2007年9月），桥本雄一译。

信，这在当前众口一辞中堪称希声，然而确是真言。'南玲北梅'一说，本就是子虚乌有之谈。"在这之后，出现过一些附和文章。① 但在实证方面，仍没有什么进展。

2007年，有沦陷区文学研究者采信了"子虚乌有之谈"，进一步明确断言是梅娘本人在1987年"虚构"了"南玲北梅"这个"声誉"，且上纲上线，认为这一无中生有的编造，反映了"作家对自我历史掩饰和美化的态度，反映了自我人格的障碍。"并批评一批沦陷区专业研究人员对此虚实不辨："盛英在《梅娘与她的小说》（收入刘小沁编：《南玲北梅》，深圳：海天出版社，1992年，第359页）、徐迺翔在《梅娘论》（载《中国现代文学研究丛刊》1993年第1期，第67页）、刘晓丽在她的博士论文《1939—1945年东北地区文学期刊研究》（华中师范大学2005年，第133页）中都以讹传讹，延续了此种说法。2006年8月4日……笔者采访东北师范大学日本问题专家吕元明教授，经历过伪满洲国时代的吕元明先生回忆，'南玲北梅'没有流行这个口号。"②

这是学术圈内的一家之言，无可厚非。不过，举证沦陷末期正在鸭绿江畔的临江县读中学的吕元明（1925-2014）教授，实在不足为据。"南玲北梅"之说当年如果有的话，那也只是京沪文学圈、出版界里众多"南谁谁北谁谁"传说中的一个。对于小众的新文学圈子中的那

---

① 郝啸野：《梅娘的回忆可信吗？》，《中华读书报》2006年1月18日；刘琼：《从"南玲北梅"说起（文艺点评）》，《人民日报》2006年3月17日；谢其章：《当年就没有"南玲北梅"这回事》，《玲珑文抄》，山东画报出版社，2012；陈福康：《所谓"南玲北梅"》，《深圳特区》2013年9月7日。

② 如王劲松：《殖民异化与文学演进——侵华时期满洲中日女作家比较研究》。

一点儿轶事儿，可能连旧文学界都不会注意到，[①]更不会响彻关外，作为口号"流行"到伪满洲国那里去的。北京就不同了。同样是日据区的文学少年、文学青年，北京诗人、杂文家邵燕祥 (1933-2020) 对于"南玲北梅"之说，就有着别样的沦陷回忆。见后文。

临近抗战胜利，关外东北的满系作家大多已离散至国统区、根据地和"新中国"（关内日据区）。也许我的阅读范围太有限，至今还未见从 1939 年，特别是在 1941 年 3 月伪满国务院弘报处制定的《艺文指导要纲》正式公布之后，进一步加速凋敝的"满洲国"文坛，有过张爱玲评论，或者有过她的作品推介。文化古都北京则不然。虽然从 1942 年开始，离开旧京另谋出路（生路）的人，包括作家，也越来越多，但是在几乎人人都已经看到伪政权必然要倒台的前夕，文化出版活动依旧活跃。

据报，1945 年入春以来，华北销量最大的是流行歌曲"歌本"，接着是苏青的《结婚十年》华北版，印刷一万册已预定一空。京津书商乃大肆盗印。那些购入大量沪版正版《结婚十年》的北京书商利益受损，曾请作者延律师司法介入。北京最流行的盗版书还有《流言》《涛》，南方流行《蟹》：

> ……南方女作家张爱玲的《流言》、苏青的《涛》，均在京翻印中。同时华中亦去人翻北方女作家梅娘之《蟹》。此可谓之南北文化"交""流"。[②]

[①] 很可能，就连华北作家协会评议员会的周作人会长，对梅娘都不甚了然。参见《抗战时期的华北文学》的《引言》第二节《现场的证词（二）》中的周作人谈论梅娘的部分，第 3-8 页。

[②] 《文化消息》，《中华周报》2 卷 20 期（1945 年 5 月 30 日）。第 14 至 15 页。当年华东称作华中。文中的"华中亦去人"，疑应为"华中亦有人"。

北方的新文学作家在南方有较大影响的不多。只有有销量、能牟利的图书，唯利是图的书商才会铤而走险盗版翻印。不知"华中亦去人翻北方女作家梅娘之《蟹》"，是否可以充作梅娘在南方也有一定影响的一个间接证据。[1]

2014 年，即九十六岁的梅娘往生后的第一年，事情起了变化。有篇需要两期连载的长篇大论《自编自演之"南玲北梅"》，突然同时登陆各大网站主页，点击置顶。一时间，铺天盖地，妇孺皆知，引来不明内里的读者的冷嘲热讽，一度升级为现象级事件。[2]也有少数围观者打抱不平，对"南玲北梅"自编自演说表达各自的看法：

> 唐宋八大家难道不是后人杜撰的？文学史上的并称，大多本来就是时人或后人炮制的，我看南岭北梅即便属于造假，亦可载入史册，不影响对二人文学成就的评价。

> 莫非是梅娘傍上张爱玲赚了不成？后来治文学史者，亦可认为张爱玲傍了梅娘嘛！这本身就不过一家之见。何必如此赶尽杀绝，尤其是梅娘已去世了。

这码子事大概是 90 年代初，想推销梅娘书的人（可能包括海天出

---

[1] 说到盗版，我选编的《梅娘小说散文集》也有。书名变成了《梅娘文集》（新潮出版社，1999），署名为"《梅娘文集》编委会编"，封面上的朱门换成了小桥流水人家，添加了"最新散文经典""享有'南玲北梅'之美誉""家喻户晓""中国第一才女"等营销语。张中行的序和我的跋文都还在。盗版做了重排，页数涨出去不少，舛讹肯定就会更多了。

[2] 谢其章：《自编自演之"南玲北梅"（上、下）》，上海《东方早报》2014年 5 月 11、18 日；陈言：《也说"南玲北梅"》，《东方早报》2014 年 6 月 8 日；陈言：《"南玲北梅"之我见——兼回应谢其章之观点》，《中华读书报》2014 年 6 月 18 日；谢其章：《不是回应——我为什么质疑"南玲北梅"》，《中华读书报》2014 年 7 月 9 日。

版社）忽悠出来的，梅娘或者参与其中，或者顺势认了。人是复杂的。知道这点就可以了，似不必深究。①

无意间见到此情此景时，脑海里曾无端跳出钱钟书在他的虚构作品《围城》里的一个灵光一现的金句："流言这东西，比流感蔓延的速度更快，比流星所蕴含的能量更巨大，比流氓更具有恶意，比流产更能让人心力憔悴。"在这种情况下，作为深究"南玲北梅"这个说法的始作俑者，虽然距今已过去整整四分之一个世纪，我不应无动于衷，置若罔闻。

人们常说，时过境迁。可有的事情，时是过了，但境并没有迁。

其实，判断"南玲北梅"说是否存在，不在推理，而在材料。常识表明，在对史实作考证时，往往说"有"易——只要获得一则材料即可，当然，严谨的研究一般会千方百计地谢绝孤证；说"无"难——需要穷尽当时的和后来的相关材料。关键在文献。在没有新材料引入的情况下，"几何"定理、数学公式是于事无补的，只会"剪不断理还乱"。下列原始材料，或许有可能会有所裨益。

1955 年，中央农业部的两位专案组成员专程赴沪，外调孙嘉瑞的"政治、历史等情况"。时任中共上海新民报社支部负责人的欧阳文彬，应邀撰写了《孙嘉瑞的现实材料》。其中，有一段延伸至梅娘过往的历史：

该孙原名不叫嘉瑞而叫梅娘，她曾利用这个梅娘的名字在 1945 年前日伪时期曾写过不少稿子，著一本书×××，在写作上得到过汉奸文化界奖金。她和张爱玲（女）在日本汉奸时期都是出名的女作家，张爱

---

① 这三段话，均取自 2014 年以后的网络论坛。

玲已到香港去，她（梅娘）留下来没走。敌伪时期有"北张南梅"之称。[①]

文中所提"得到过汉奸文化界奖金"的"一本书"，应该是《鱼（短篇集）》。在五十五年之后的世纪末，它被中国现代文学馆收入了"中国现代文学百家"，成为经典距今也有二十四年了。日伪时期，它是作为华北沦陷区的"新进作家集"，也就是我们现在常说的青年作家丛书的第二册，面世的。1943 年 6 月 25 日初版。所见印到第八版（1944 年 3 月 20 日），几乎一个月加印一次。另一本中短篇小说集《蟹》1944 年 11 月 1 日出版，三个月后即再版。

时间的流逝原本是绵长恒定的。但颠沛流离、百转千回的乱世，干扰了人的主观感知，岁月被拉长了，陈年往事远去，变得缥缈模糊，恍如隔世。欧阳文彬负责撰写的是"现实材料"部分，即检视梅娘在上海《新民报晚刊》上发表的大量文稿中，有没有反革命内容。出于高度的政治责任感，她溢出"现行"，勉力钩沉梅娘在沦陷期的政治事项，并且在不经意间，信笔写下了"北张南梅"，牵连出了另一个也曾被有的人判定为"汉奸女作家"的张爱玲。毕竟躬逢时移俗易、天翻地覆的转折时代，欧阳文彬所描述的细节难免也有一些差错。但基本事实应该没有太大的偏差。

百岁老人欧阳文彬 (1920-2022)，原名欧阳晶，原籍湖南宁远，上海资深编辑出版人。她与张爱玲同一年出生，应该是"南玲北梅"的同时代人。七七事变的第二年，欧阳文彬肄业于从北平迁到长沙的民国学院法律系。曾在桂林、重庆、上海多地出版界从业，解放后先后任职上海市人民政府新闻出版处、中共上海市委宣传部、新民晚报社、《萌芽》编辑部、学林出版社，熟悉南方、特别是上海文坛。1955 年，

---

① 欧阳文彬：《孙嘉瑞的现实材料（1955 年 9 月 5 日）》。

也就是在她撰写梅娘外调材料的同一年，大器晚成的她才开始发表作品。但成绩不俗，已有五卷本《欧阳文彬文集》传世。[①]

　　严格来说，沦陷末期到底有没有"南玲北梅"之说这个问题，还有待进一步的证据，特别是沦陷时期的材料。所以多年来，在有必要提及"南玲北梅"时，我一般会加"据说"两字。但这则 1955 年的历史文献至少直白无误地证明，"南玲北梅"说不是当事人本人在 1987年，也就是在作家"梅娘"这个域名重现江湖之时，在与同为中国作家协会会员的农影厂同事陈放 (1944-2005) 闲聊的过程中，子虚乌有地杜撰出来的。[②]另一条间接证据是邵燕祥的沦陷回忆。他谈他还是小学生时读梅娘《夜合花开》的直感，行文中也出现"说是'南张北梅'"的字样，见本章后文。[③]

　　可是，在这些实证材料面前，"南玲北梅"系"自编自演"论的持论者，七八年来，一直沉浸在一己封闭的推理里，或者说遐想的世界里，以"冲天放炮"为"大快乐"。就在不久前的 2021 年，就在中国作家协会的官网上，仍匠意于心：

　　　　我写过三篇关于"南玲北梅"的"小考证"文章，说实话，我倒不是非跟梅娘过不去，一而再再而三地纠缠"南玲北梅"，真实的动

[①] 《欧阳文彬文集》，上海三联书店，2012。

[②] 关于"南玲北梅"，还有其他一些间接材料。参见张泉的《——"满洲国""满系"作家 / 文学的跨域流动》的第 434-439 页，《抗战时期东北首部个人新文学作品集的发现——从寻访梅娘佚文的通信看文化场人情世态》，以及置于九卷本《梅娘文集》各卷首的《主编例言（张泉）》（上海三联书店，2023）。

[③] 第六章第六节《与殖民相关的"四个维度"研究方法》中的维度二《国统区 / 共产党抗日民主根据地 / 沦陷区（日据区）三大区划间的共时体制差异维度的要点》部分。

机是冲着学者们去的，看不起某些现代文学学者，他们怎么会如此轻易地相信了这个梅娘自编自演的骗局，现代文学史上从未发生过如此破绽百出的骗局。给这个骗局挂上"欺世盗名"的牌子也许很恰当吧。上世纪90年代张爱玲如日中天，而梅娘早已文名不彰。作为40年代北方的名作家，梅娘瞧着张爱玲眼红，心有不甘，出此下策情有可原，可怜的是那些为数不少的中了圈套的学者们。

张爱玲对于所谓的"南玲北梅"毫不知情，她人在万里之遥的美国，也许正因为此，梅娘才敢于上演这么一场闹剧。假设张爱玲还在上海没走，她便不会像现在这么红，梅娘也就没必要打张爱玲的旗号了。①

那么，这篇就是第四篇了。这篇新论又推出了"情有可原"的"圈套"说？"张爱玲对于所谓的'南玲北梅'毫不知情"说？好一个大胆假设。但是，缺了小心求证的假设就只能停留在猜想阶段。也难怪。求证需要的是史料、数据，而不是忖度、揣摩。有些令人匪夷所思的是，在声言凭一己之力已经揭开了"现代文学史上从未发生过如此破绽百出的骗局"之后，略嫌分量不足，还要再补一个"给这个骗局挂上'欺世盗名'的牌子也许很恰当"的后缀。还有更为令人啼笑皆非的：在文史考古上获得如此重大的成果，却自谦为"小考证"。

在我们这个饱受近代殖民血腥侵扰的泱泱大国，在"中国现代文学三十年"期间，"南玲北梅"的说法不过是大时代激流中的一缕浪沫。所谓"南玲北梅"有无的探讨，在沦陷区文学研究甚至梅娘研究中，只是一个很小的有待实证的疑点，无关价值判断，无关道德品行，

---

① 谢其章：《一个张爱玲迷的自白》，《藏书报》2021年9月30日。转引自中国作家网 http://www.chinawriter.com.cn

更与所谓的"大东亚文学"，与历史上汉奸的代名词"秦桧"风马不接。[①]言多必失。也如周氏作人所言，寿高多辱。不去管它。相关争论中，一些沦陷区研究者、也包括在网络空间里活跃的网红文章，所表露出来的评说沦陷区文学的观念、标准以及方法问题，[②]或许更值得深究、讨论。

见微知著。或者，睹始知终。这是我为什么纠缠于看似无须，或者不值得纠缠的"南玲北梅"之说到底是有还是没有这个无关宏旨的小问题的主因。

综合以上方方面面的材料，"南玲北梅"系作家梅娘本人"自编自演"的"子虚乌有之谈"的结论，至少目前来看，下的还为时过早。因为存在证据不足造成的轻率和武断。以及在只有孤证不明内里的情况下，不分青红皂白地按照抗日民主根据地的政治标准来戏说沦陷文坛上的陈年轶事。

进一步拓展和深化梅娘研究，关键在完整的原始资料链。其中

---

① 此外，在新时期早期的许多梅娘访谈中，都说梅娘虽获奖但没有领取奖金。早在《沦陷时期北京文学八年》一书里，我就证明，"梅娘领取了第二届大东亚文学赏，并且还曾宣布用它设立梅氏奖金。"（第365页）言外之意是，此说或当事人遗忘，或文过饰非。可二十年以后有发难文章称，自己没有用不等于没有领取，就像贪官把钱用于其他而说他没贪一样。我当年是用《中华周报》上的一则有奖征文启事，澄清了一个事实。至于新时期的贪官把钱用于其他，是没有人会愚蠢到会说他没有贪污的。当代官员贪污，梅娘获奖领取，两者驴唇不对马嘴。真不知道在批评者那里，这两个事实在逻辑上的关联点在哪里。

② 至于甚至说："我只知道议论秦桧无时间限制"，委实有些过了。对于大多数沦陷区作家，也包括梅娘，或者由法庭立案庭审，或者由组织人事部门外调政审，大多已经给出了或刑罚，或结论。至于梅娘的组织结论，见本章第一节《小说家的无奈：未刊稿〈芦苇依依〉》。

的重中之重又在作家创作文本的完整展现和把握。这是作家研究的起点。也未尝不就是终点。只有建立在这个基础之上，各种各样的信仰评判、方法实验才有可能规避"水中月镜中花"困境。随着时间的推移，梅娘大量没有结集的创作、译作和时评、报道等，被逐步发掘出来。这些很有可能会修正或改变过往对于梅娘的一些定论，也有助于完善沦陷期的文学整体观。于是，《梅娘全集》的编纂事宜便提上日程。

第四节　作家全集的编纂

由于历史上的原因，中国现代文学文献损毁流散严重，作品的辑佚与校勘已成为当今史料学的内容之一。在"20世纪中国文学"中，几度沉浮的"长时段作家"梅娘的情况更为特殊。她大量的作品长期被湮没，一些流行作品的版本繁多。例如，据初步统计，从1941年至今，小说《鱼》已印出过十九次。而在转瞬即逝的时尚文化消费、点击率文化消费成为主潮的当下，一个时代／区域的代表作家的保持原貌的作品全集，或许是少数能够留存些许历史形象和想象记忆的方式之一。

新时期以来，从1997年的《梅娘小说散文集》，到2019年的《铭记的事物一概来自长春——梅娘八十载写作生涯文选》，已有十三部个人作品集面世。对于梅娘旧作重印中的修改问题，如前文所述，一直有批评有商榷。有鉴于此，在2012年正式启动《梅娘全集》编纂工程时，预设了这样的原则："能够找到的署名作品，悉数收入；一律选首发文本；注释逐一纪录每个版本的修改情况；附录大幅度修改本的全文。"①但在实际操作的过程中，文学文本的最终物质呈现，多数都会受到篇幅以及审美标准等主客观因素的限制和干扰，有删有改是常态。在与一家非常专业的出版社协商合作经年后，篇幅从十一册压缩为十册，书名《梅娘全集》改作《梅娘文集》。除了改正明显的印刷错误外，还有对某些语句、字词的修定，对一些篇目的调整。后来，原出版方的出版计划发生了变更。于是，《梅娘文集》稿本转到了上海三联书店。在做了进一步的删减、补充之后，缩编成目前的九册。

复现或重构历史的成文叙事，都是当代史。在这个意义上，当代整理重印的历史文献，也会留下浓重的当下印记。如本章下一节所述，史学理论家克罗齐甚至极而言之地说，过去的事件只有与当下现实链接之后才有可能成为"真历史"。就连离价值判断比较远的现代语言领域，也是如此。例如，不同时期有不同的语言惯例。新修订的《通用规范汉字表》，是《中华人民共和国国家通用语言文字法》的配套规范。它于2013年6月5日由国务院发布，要求应用领域使用的汉字以此表为准。②现代书写规范是逐步认定、推广的。文学作品，特别是大家的传世经典，在这个过程中起着举足轻重的作用。以梅娘1937年9月、10月发表的《职业》和《煤油灯》为例，两篇短文的篇幅相差无几。在《职业》中，只用了一个"底"，其余均为"的"，而在《煤油灯》中，"底"字多达二十处。显然，这是一个"底""的"互通的模糊期。使用"底"还是"的"，也有可能主要取决于编辑或校对者个人的习惯或嗜好。梅娘作品的延续时间长，地域跨度大，或可为

---

① 见张泉的《构建沦陷区文学记忆的方法——以女作家梅娘的当代境遇为中心》一文的注释。

② 第九届全国人大常委发布的《中华人民共和国国家通用语言文字法》，于2001年1月1日开始实施。

研究现代汉语书面语的演化史提供足够数量的语料个案。因此，曾打算对梅娘民国时期作品中的"底""的"不加区分、不做改动，均原样照录。但由于参与编辑、校对的人员多，拖的时间又太漫长，时紧时停，很可能就连这一点也无法做到统一，遑言其它。而这正是与当代融合所获得的"真历史"。对此，可能不必也无法苛求。

现在，《梅娘文集》就要付梓。需要说明的是，目前已知、但没有找到的梅娘作品还有一些。[①]梅娘的书信、日记、笔记乃至档案等文献，还有待整理。尽管如此，这一版《梅娘文集》已经前进了一大步，仅就所收篇目的数量而言，甚至数十倍于已有的各种梅娘作品选本之和。这为今后编辑有文必录的《梅娘全集》，奠定了初步的基础。

梅娘还有一些手稿，有待整理。值得期待的，还有她的虽断断续续，但始于上个世纪的日记。

目前，一个普遍存在的问题是，由于各种各样的原因，已经出版的成名作家的选集、文集、全集中的文本，常常会出现与原始文本多有出入的情况。对于一般的文学阅读来说，这没有太大的问题。但在历史研究领域，显然就有问题了。对此，日后有必要专文加以探讨。在这里仅提请注意，在学术研究中，不宜仅据新印选本、全集，还需要追溯首发本，阅读原作，注明原始出处。

第五节 "自述"体怀人纪事文的阅读法问题

在第五个创作阶段，梅娘发表了大量的怀人纪事文，它们在获得

①详见张泉的《东北首部个人新文学作品集〈小姐集〉的发现——从寻访梅娘佚文的通信看文化场人情世态》。

好评的同时，也引发问难质疑。比如，最早的，是我 1998 年的《华北沦陷区文学研究中的史实辨正问题》，不但对"南玲北梅"的说法存疑，还包括梅娘笔下的《实报》"某夫人信箱"的主持人、"大东亚文学赏"、竹内义雄、龟谷利一等人物和事件。比较尖锐的批评，是 2006 年的《梅娘的回忆可信吗？》。[①]后者所指出的种种问题虽然并非都是空穴来风，但也有一些舛误，以及许多有待进一步考索的环节。

引发争议的怀人纪事类散文，大多涉及历年的政治运动、特别是沦陷期往事。一般来说，在回顾、记述既往时，受客观环境的制约，以及叙述者主体条件的限制，作品中的记忆失实、失误和变形是很难杜绝的。特别是当自述主体是重大事件的当事人和历史遽变的幸存者的时候。此外，梅娘是一位小说家，讲故事的能手，有的时候，也会自觉不就自觉地把小说手法用于散文，有意无意在纪实中植入想象。比如，梅娘的散文《我的青少年时期 (1920-1938)》当属作家自传。但仅据梅娘在世时的自陈，它在家族谱系关系上也有虚构。[②]在梅娘大量的怀人纪事文中，这种情况可能不会是个案。实际上，这种情况也不会仅仅在梅娘这一位作家的怀人纪事文里存在。因此，不宜将小说家的这类自述作品（回忆录）等同于严格意义上的自传，或证据链完整准确的史料。这可能是在阅读这类作品时需要加以注意的。

在这里，有必要对怀人纪事类散文即"自述"文体的定义，以及自述的阅读方法问题，从历史学和接受美学的角度做进一步的界说和

---

① 张泉：《华北沦陷区文学研究中的史实辨正问题》，《中国现代文学研究丛刊》1998 年 1 期；郝啸野：《梅娘的回忆可信吗？》，《中华读书报》2006 年 1 月 18 日。

② 梅娘：《我的青少年时期 (1920-1938)》，《作家》1996 年 9 期。在我新近选编的《铭记的事物一概来自长春 ——梅娘八十载写作生涯文选》中，已将其归入了小说类。

探讨。

看到"自述"二字，我们马上会想到，这是历史亲历者在讲述历史故事。自述是描述历史的一种方式，可以归入自传类，但严格说来，自述和自传两者间还是略有区别。

同样是记述过往，自传一般要求所讲述的经历具有连续性和完整性，自述则比较自由，可以描绘全局，也可以只写局部。但所写所记真实可信，是对自述或自传的共同期待。为了突出重点，对于自述、自传两者间的些微差别，在这里暂且忽略不计。

对于自传"真实可信"的这个期待，能够实现吗？

其实，从"历史"这个词汇的出现，到历史学成为经久不衰的人文显学，人们一直在孜孜追问和探寻：什么是历史？谁有权书写历史？被表述出来的历史能够还原"历史现场"吗？

对于这些问题的答案，一直众说纷纭，与人类文明史如影随形；在历史学科领域之内，学派林立，论争从未停歇过。只是时至今日，仍找不到一个可以应付各类考试的标准答案。

给我留下深刻印象的"历史"定义中，有一个来自史学圈以外。

在纳粹德国战败之后，二战时期德军最年轻的一位上校派普曾说过这样一句话：

历史是由胜利者书写的，但事实真相只有亲历者才知道。

派普认为，被描写出来的"历史"并不是"事实真相"。也就是说，是虚构的假象，不是历史。每每看到这句话，我就会想到克罗齐的那个名句："一切真历史都是当代史"。①

① 克罗齐：《历史学的理论与实际》，傅任敢译，北京：商务印书馆，1982。第 3 页。

　　历史叙述是一种权利，胜利者无疑会当仁不让。这一点没有疑义。引发诘问的是后者：难道只有亲历者才能够洞悉事实真相吗？或者换一种说法：亲历者记忆中的"事实"，就一定是"真相"吗？另一个伴生的推定也许会让一些史学家感到不悦：专业历史人员或者成为御用文人，或者无所作为，没有第三种选择。

　　意大利哲学家克罗齐同时也是一位史学理论权威。他认为，过去的事件不是历史，只有在经由认识主体的认定而与当下生活发生关联之后，"确凿的东西变为真实的东西"，才成为"真历史"。

　　看来，"真历史"是创造，不是返回。"确凿"的事实要想成为历史"真相"，关键不在事实"确凿"与否，而在是否能够赋予其现实意义。在这个链接和转化的过程中，起主导作用的是认识主体的精神活动。难怪克罗齐甚至极而言之地说："精神本身就是历史"。执着于"史""论"关系之辩的中国传统史家或许会反问：那又置原始文献、历史遗迹、出土文物……于何种位置呢？

　　其实，克罗齐的凸显主观的历史观，是在思辨的层面上突出人的作用，强调在历史再现的系统工程中，具有专业训练的史学家是历史认识主体的主体。

　　当然，除了史学家外，历史也还有别的认识主体。比如，亲历者。

　　与史学家相比，亲历者不见得就一定是一名合格的历史认识主体。不说史学知识，仅说亲历者自身的条件。

　　从心态来看，作为有利益关联的当事人，很难在自述中始终保持中庸和中立。从眼界来看，作为曾经纠缠于具体历史事件的一份子，很难获得局外的宏观视野。正如宋代苏轼《题西林壁》所云："横看成岭侧成峰，远近高低各不同。不识庐山真面目，只缘身在此山中。"

此外，还有每个人都无法逾越的一般认识规律，以及个体差异化的心理状态和生命周期。

自传书写是以自我为中心的历史叙事。

研究表明，自传所记述的往往是过往的特殊事件，而特殊事件之间的日常细节，则或者被遗忘，或者被忽略了。叙事又要求连贯性。于是，想象就有了用武之地。选择即评价，想象也是评价，是运用现在的识见，去描述和褒贬过去。结果，自传貌似回到了历史现场，而实际上无论是视角还是观念甚至部分"事实"，都是现在的，是一种有别于当时的所思所想的当下评价。特别是那些曾经遭遇过无情迫害、残酷打击的亲历者，即重大事件的幸存者，他们的自述会更多的向自我宣泄、自我辩解和自我形塑倾斜。

此外，岁月无情。自传书写一般集中于功成名就之后的中老年。此时，人生已经开始走向衰老，是一个记忆逐步单纯化、单一化、远期记忆覆盖近期记忆的过程。

这样，人们对于自述作品、特别是同时代人自传的种种不满，比如遗忘，比如虚构，比如迎合，比如炫耀，比如现在说的和以前说的不一样、以前说的又和以前的以前说的不一样，等等，是真切的。不过，也大可不必为此而陷入失落或恼怒。

试想，就是那些史学专家们的权威历史叙述又怎么样？只要以十年为周期看一看他们对同一个过往事实的描述与评价，同样会发现诸多前后不一致的地方。而且很难就断言，这种变化不是与时俱进。

那为什么自述写作、自传阅读仍经久不衰呢？

史学家告诉我们，真实存在过的第一历史永远无法复现，后人所描述出来的历史是第二历史。第二历史往往是靠不住的，几乎每一次惊人的考古发掘，都会带来大幅度改写。靠不住的历史需要田野调查来实证，也需要虚构来呈现可供辨析与实证的界面，为以后的颠覆或改写做好准备。这个试图接近第一历史的过程循环往复，没有结尾。在这个过程中，自述这一连接记忆与历史的特殊叙述方式，有其无可替代的价值。

法国当代著名历史学家皮耶·诺哈主编的《记忆所系之处》丛书（1984-1992年出版），已有戴丽娟的中文选译本面世（行人文化实验室，2012）。该书之所以被誉为"一部很震撼的大书"，不是因为多达3卷7册的浩繁篇幅，而是提出和实践了再现真实历史的一种途径。

在诺哈看来，以往的法国史书写均预设法国是由真实事物组合在一起的一个有机体，再由历史学家对其加以整理、分析、排比、平衡。但他发现，特定物质的或非物质的实体，经由时间的流转和人类的想象，其原来的意义被改变，或者被追加了新的意义，这些改变和追加又被附会到实体之上，介入了法国形象以及法国历史的建构。他选择一批典型个案，请专家用故事的写法，逐一考察其成为法国象征构成的来龙去脉。

比如，物质的实体埃菲尔铁塔。它在1889年巴黎万国博览会前夕完工时，被视为"丑陋的"钢铁工程建筑物，反对的多，欢迎的少，当年曾签约确保二十年内不被拆除。但到了今天，其意义经过千回百转，变成了象征法国浪漫的巴黎地标，同时又追加了代表19世纪末那美好年华的想象。

又如，非物质的实体"自由、平等、博爱"。在18世纪末法国大革命时期，这个口号并未被制度化。它的内容和顺序，是后来逐步组合而成的，在升格为法兰西共和国的国家格言后，又被附会成法国大革命的象征。这个响彻世界的口号，在法国过去200年间的整合流传，既诠释了历史，也附着了法国人的集体记忆，揭示出国家身份内涵变化的轨迹。

在知晓了记忆与历史间盘根错节的关联之后，我们或许能够以平和的心态看待自述作品。阅读的目的和方法则因人而异。

首先，可以把它当作文学作品来读，就像阅读其他体裁的文学作品一样。这是一种鉴赏式、消遣式阅读，较为轻松和随意。

其次，将其视为历史故事。作者的学术背景不同，故事的体裁特征会转化。历史学者的自述，大多会以排比原始材料的功夫见长。对于文学作家来说，想象力更为重要。想象和材料有时难以截然分割。作家如果自觉使用一定数量的史料，那就靠近了"报告文学"——但依旧是"文学"（可以虚构）。史学家如果过多地靠想象来填补和连接空白点，那就成了"演绎""戏说"——再难归入"历史学"（不可以虚构）。两者的差别起因于历史认识主体阐释、结构故事的方式不同。选择阅读哪一类故事，取决于读者的嗜好。

最后，采用历史学家所谓的"二重证据法"来阅读，即，将自传与自传作者的档案和当年的历史文献均当作证据，对两者加以比对，逐一找出自述中的无意的记忆失误，以及有意的事实虚构，并对失误、特别是虚构加以分析，探寻隐藏着的个人的、社会的和时代的制约因素。这样的阅读最费心力，实际上是在另外重构读者（研究者）自己的历史叙述，已接近皮耶·诺哈：不为定论和约定俗成所束缚，对历史中的记忆变动抽丝剥茧，重新解释和想象模糊的法国形象的成形史。

对于中国现代史研究来说，《记忆所系之处》的史学方法和历史观念，极具借鉴意义。仅就我有兴趣的现代殖民地文化、沦陷区文学而言，从形成到现在，已逾百年。期间，有太多的记忆变化，以及意义的生灭演化。

　　并不是所有的历史实体都是记忆的重点。或许，在好的自述作品中，我们会发现一些"记忆所系之处"——区域/社群的象征性遗产。

　　解读梅娘的怀人纪事文即"自述"体散文，也应当作如是观。

第六节　与殖民相关的"四个维度"研究方法

　　我的北京沦陷区文学研究，始于 1980 年代初期。受到时尚和文学史的影响，本来只是打算编写汉奸作家名录、汉奸文学作品简介等研究资料。十年以后，在一页一页地通读了当时刚刚解封的华北沦陷区的文艺刊物和主要综合杂志的基础上，在翻译了 *Unwelcome Muse:Chinese Literature in Shanghai and Peking,1937-1945,* (Edward M.Gunn, NewYork: Columbia University Press, 1980)、*Qian Zhong-shu*(Theodore Huters, Boston: Twayne Publishers,1982)[①]等海外中国现代文学研究文献之后，完成的却是《沦

---

① 二十多年后，耿德华专著的中译本由新星出版（2006），副标题被改作"中国沦陷区文学史（1937—1945）"。这得益于 1996 年 4 月 6 日在北海仿膳举办的"华北沦陷区文学暨专著《沦陷时期北京文学八年》学术座谈会"上，曾有过一面之缘的止庵先生。译稿在出书前已有不少章节陆续发表。师陀部分以《论师陀抗战时期的小说创作》为题投稿。收到《抗战文艺研究》1988 年 2 期样刊时，却变成我的署名文章。令人尴尬。王德威主编的《中国现代小说的史与学——向夏志清先生致敬》（联经出版公司，2010），特意收录了这篇，标题换成《师陀——不受欢迎的缪斯》。这一次，著者、译者的署名均有。但责任者均未收到过样书。胡志德专著的中译本改题《钱钟书论》，收入了《钱钟书和他的〈围城〉——美国学者论钱钟书》（张泉编译，中国和平出版社，1991）。

陷时期北京文学八年》。该书排比罗列了 30 万字的材料，论及近百位作家，所得出的结论，与我当初的预设大相径庭：沦陷后的北京不是汉奸文学的天下；华北沦陷区有（中国）文学；其主体接续新文学传统，是中国抗战时期的文学的不可或缺的组成部分，应当融入中国文学史，有资格跻于中华文化遗产。

在七七事变之后的一段时间里，成名作家及大批高校师生依旧能够陆续离京南下，但华北伪政权的殖民体制不到一年基本确立，致使以北京为中心的华北文坛陷入死寂，一时间成为文化沙漠。1939 年，文学艺术活动开始活跃。台湾著名作家、社会活动家张深切（1904-1965）千里迢迢来到北京。他创刊的《中国文艺》（1939 年 9 月 1 日）月刊，是北京文坛开始复苏的指标性刊物。而后，北京文坛进入了四年多的繁盛期，在北京的台湾作家及文化人，特别是大量涌入的伪满作家，对新文学的繁荣发挥了重要作用。他们来京后，报刊、书籍的出版规模迅速扩大，客观上也为他们嗤之以鼻的旧体通俗文学的发表创造了条件。在北京、天津、青岛等地，一大批擅长武侠、言情、社会、戏说等门类的作家，得以连载、出版了大量通俗小说，其中，章回体说部占有相当的比重。① 从 1944 年下半年开始，北京文坛迅速萎缩。这是日本殖民宗主国（沦陷区）经济崩溃和政治军事危机的伴生结果。

在梳理沦陷区文学的过程中，遇到了一个百思不解的疑难问题。即，都是生活在日据区，为什么台湾、伪满那些几乎被废掉武功的怀才不遇的作家，跨域流动到北京之后，就能够大显身手，大张旗鼓地出版文学书刊、开展文化活动，有力推动了华北在地文坛的繁荣呢？

---

① 张泉的《抗战时期的华北文学》第十二章第一、二节论及武侠、社会、言情小说作家。第 463-479 页。

在足够数量的个案考察的基础上做整体审视之后我发现，之所以出现这种情况，与"各沦陷区被占领的时间和社会形态也不相同"有关（《沦陷时期北京文学八年》第8页）。也就是说，日本在割据地台湾、关外东北、关内华北三地所实施的殖民方式各不相同。那时对于三种殖民体制之间存在差异的认识，还处在影影绰绰的阶段，不是特别明晰。而后，全盘否定沦陷区文学的观点时有所见。有的甚至溢出了学术探讨，落入意气用事。比如，有论者直言，我在沦陷区研究中之所以极力维护张爱玲，是因为"张爱玲倒了，沦陷区文学就撑不起来了。"因而他把批判的重点放在张爱玲上。[①]其实，张爱玲虽然是沦陷区作家，但她是一个特例，没有受到沦陷区文学研究状况的影响。也就是说，在沦陷区文学被整体认可之前，她已经是被正面评价的研究对象。

就是在这个旷日持久的讨论和针锋相对的分辨过程中，我最终把

① 陈辽：《也谈沦陷区文学研究中"历史的原则"——与张泉先生商榷》，《抗日战争研究》2003年1期。其他几组商榷文章有王凤海：《试析〈沦陷时期北京文学八年〉一书的政治评价——与张泉同志商榷》，张泉：《中国沦陷区文学研究的政治立场问题——对〈试析《沦陷时期北京文学八年》一书的政治评价〉的回应》，《北京市科学》1997年4期；陈辽：《关于沦陷区文学评价中的几个问题》，《文艺报》2000年1月11日；张泉：《史实是评说沦陷区文学的惟一前提——对"沦陷区文学评价问题"的回应》，《文艺报》2000年3月28日；裴显生：《谈沦陷区文学研究中的认识误区》，《文艺报》2000年4月18日；张泉：《关于沦陷区作家的评价问题——张爱玲个案分析》，《江苏行政学院学报》2001年2期；陈辽：《沦陷区文学评价中的三大分歧——对〈关于沦陷区作家的评价问题——张爱玲个案分析〉的回应》，《江苏行政学院学报》2001年3期；张泉：《沦陷区文学研究应当坚持历史的原则——谈沦陷区文学评价中的史实准确与政治正确问题》，《抗日战争研究》2002年1期；张泉：《东亚现代文学研究的一种区域／国别／全球史方法——从〈中国沦陷区文学大系〉引发的争论说起》，《汉语言文学研究》2019年2期。

各个日据区的"不相同"归纳为与殖民相关的考察沦陷区文学的宏观维度背景或方法，并且逐步从一个维度扩展为四个：维度一，日据期台湾/"满洲国"/"新中国"三种殖民地模式间的共时殖民体制差异维度；维度二，中国全国抗战时期国统区/共产党抗日民主根据地/沦陷区（日据区）三大区划间的共时体制差异维度；维度三，日本侵华七七事变造成的中国近现代文学史上的战前/战时/战后三个阶段的历时转换维度；维度四，世界范围内的体制殖民/新殖民/后殖民三个殖民阶段的历时演化维度。

这四个维度中的维度一和维度二为共时维度（空间维度），维度三和维度四为历时维度（时间维度）。

"殖民"不是一个跨历史化的通用概念。国家/区域的政治行为及其与其他国家/区域或世界的联动关系，受到其地理位置、面积、人口、民族、资源以及经济实力、防务军备等地理因素、地域格局的制约。在世界四百余年的体制殖民期的后期，"日不落帝国"英国的西方殖民主义霸权式微，军国主义急速膨胀的日本强势崛起，很快走上了殖民亚洲进而称霸世界的对外扩张之路。在中国的大地上，日本的东方殖民主义最终被彻底粉碎。上述与殖民语境相关的四个维度，作为一种考察东亚殖民与文学的宏观背景或方法，正是基于中国特色。

在世界近代史上，中国遭遇殖民的屈辱史，具有以下四个特点。

第一、始于1840年鸦片战争失败之后，即世界四百余年体制殖民期的后期。

第二、一直处于半殖民地状态，即部分领土沦丧，部分主权丧失。主权国家的实体清王朝、中华民国一直存在。

第三、从1937年七七事变到1938年10月武汉会战结束，形成了相对稳定的中华民国控制区（国统区）、共产党抗日民主根据地（根据地）和日据区（沦陷区）。

第四、宗主国在日据区建立起三种相互分割的殖民地模式：台湾、"满洲国"和"新中国"。

毫无疑义，地缘政治对国家/区域的文学艺术的即时影响最大。对于作为研究方法的四个宏观维度，其背景要点分别如下所述。[①]

维度一，日据期台湾/"满洲国"/"新中国"三种殖民地模式间的共时殖民体制差异维度的要点。

七七事变五个月后，日军就占领了北京、上海和南京等关内中心城市。1938年6月，武汉会战爆发。7月，毛泽东在延安发表著名的《论持久战》。国军在大武汉数千里战场上顽强抵抗四个多月后撤退，日军损伤巨大，双方进入相持阶段。这是抗日战争的一个转折点。日本国小力薄，无力像割据中国关外东北一样侵占中国关内的广袤土地。遂改变其侵华战略，转而以"友邦"的面目出现，抛出具有欺骗性的"日满支三国"共同建设"东亚新秩序"。对重庆国民政府诱降受挫后，日本将其中的"支"（支那），换成了在内地沦陷区炮制出来的伪国民政府，启用附逆的原国民政府官员汪精卫等担任伪政权首脑，美其名曰"新中国"，以混淆视听，僭越重庆国民政府。它与纳入日本的台湾（1895）、由清朝逊帝出任傀儡执政（皇帝）的东北"满洲国"（1932）一起，形成了日据区的三种不同的殖民体制。三地之间，是所谓的"国"与"国"的关系。三地殖民统治体制的内容，同中存异。正是统治内容

---

① 对于四个维度的阐述，我一直有增补和改变。收入《创伤——东亚殖民主义与文学》（刘晓丽、叶祝弟主编，2017）一书的《与殖民相关的四个共时历时差异维度描述——东亚日据区文学艺术研究的一种宏观方法》，篇幅较长。《东亚现代文学研究的一种区域/国别/全球史方法——从〈中国沦陷区文学大系〉引发的争论说起》的修正较大。

上的差异，形成了三地的差别性：日本殖民文化统制的强度，依次递减；在地的中国话语以及抵抗殖民的言说空间，依次递增。① 这种状况深刻地影响了日据区的文化政治生态，也为各类中国人在不同地区间的流动，提供了契机和界面，促成不同日据区的政坛文坛的重组，以及殖民地文化与文学的新样态。

例如，在实施"新中国"模式的北京（内地沦陷区），日本的殖民文化统制相对薄弱。② 这促成了台湾、伪满大批不堪忍受不断升级的殖民高压的各类人员，持续流向北京。居京台湾文化人有张我军、洪炎秋、柯政和、林海音、张深切、江文也（1910-1983）、郭柏川（1901-1974）、张秋海 (1898-1988)、林朝权（1906-1990）、林朝棨（1910-1985）、郭德钦（1904-？）、王庆勋、萧正谊、苏子蘅（1905-1996）、徐牧生等。钟理和先到伪满，后移居北京。吴坤煌（1909–1989）、刘捷（1911-2004）、林耀堂（1912-1994）、黄春江（1916-2008）、吴敦礼、张世城、邓火土也曾在北京供职。来自伪满的有梅娘、袁犀、王则、③柳龙光、山丁、鲁风、戈壁（申述）、璇玲（萧如琪）、谭毅、陈邦直（少虬）、王家仁（叶兵）、王介人（李民）、孙鹏飞、司空彦、徐白林（百灵）、辛嘉（陈松龄）、吕平（王

---

① 这也是为什么我对美国耿德华、日本木山英雄以及董炳月等周作人研究专家高度评价周作人在沦陷期的抵抗意义的论述，持保留意见的"四个维度"背景方法依据。参见张泉：《如何评价北京沦陷期的周作人——兼谈木山英雄、耿德华开拓之作的意义》，《山东社会科学》2015 年 1 期。

② 参见张泉：《抗日战争时期中国沦陷区的言说环境——以北京上海文学为中心》；《反抗军事入侵与抵制文化殖民——抗战时期北京沦陷区文学中的民族意识与国家认同》，《北京社会科学》2005 年 4 期。

③ 王则（1916-1944），辽宁营口人。1938 年 3 月考入满映演员养成所第二期。曾任《满映画报》杂志编辑、主编。尔后转任导演。在当代中共党史研究中，王则已被列入抗日烈士行列。

真夫）、韩哲人、关君蔚、冯厚生、共鸣、蒋义方、赵鲜文、左蒂、安犀、穆穆、黄军（戴青田）、张绍昌、曲传政、支援、裕振民、谢介石、范紫、王一叶、矢羽（石雨），孙鹏飞、李景新、吕风（苏瑞麟）、陈华、秋萤、许行、黑风、刘国权以及七七事变前来京的萧艾（黄旭）等。通过身体的迁移、语境的转换，他们很快在日常生存和精神生产的双重层面上重拾中华文化认同、中国归属感。北京沦陷期文坛很快形成规模，一时间远远超过台湾、伪满。在京台湾作家、特别是满系作家和起到了关键性的作用。经过学术界最近三十多年的拨乱反正，包括满系离散作家在内的绝大多数沦陷区作家，已经去除了汉奸文学标签，纳入新编文学史。

在这里需要交代一下的是，我把原来的维度一"台湾 / 满洲国 / 沦陷区"三种殖民地模式中的"沦陷区"，改为"新中国"的缘由。

长期以来，沦陷区一词都是用来泛指日据区的。它涵盖的范围，除内地沦陷区外，也包括台湾割据地、伪满。而在我的维度一，即三种共时殖民体制差异维度中，"沦陷区"是用来专门指涉中国山海关以南的日本占领区即关内的伪政权辖地。这样，上位概念与下位概念同名，就造成了有违形式逻辑的问题。2008 年 8 月，日本爱知大学曾举办"帝国主义与文学——殖民地台湾·中国占领区·'满州国'国际学术研讨会"。[①] 会议名称中的"中国占领区"域名，很容易引来"政治正确"与否的质疑。即，如果"中国占领区"专指中国大陆关内的

---

① 2008 年 8 月 1–3 日举办的"帝国主义与文学——殖民地·沦陷区·'满州国'国际学术研讨会"，是近代东亚殖民与文艺研究领域的一次重要的转型会议。围绕"殖民与沦陷：空间与时间的重构""抵抗，妥协，离散：殖民 / 沦陷区主体性的重层面向"和"帝国想象与文化生产"三个方向，会议设置了十一个议题。部分论文收入王德威等人编选的《帝国主义と文学》（日本：研文出版，2010）。

日伪政权的话，那么"满洲国"是不是日本的"中国占领区"？严格来说，无论是使用"沦陷区"还是"中国占领区"来指涉山海关以南的日本占领区，都存在着模糊性。

查日据期日伪原始文献。七七事变以后不久，日本便将中国山海关以南的华北、华中、蒙疆占领区统称为"新中国"。①现在，我把维度一改为：台湾/"满洲国"/"新中国"三种殖民地模式间的共时殖民体制差异维度。这一新的表述，把"沦陷区"改成"新中国"，"统治模式"改成"殖民地模式"。②这反映了当年的实态。知晓北京等关内沦陷区的中国叙事空间远大于其他日据区的殖民体制方面的原因，也有助于对日据区各地的文化文艺做出准确的区域定位和跨域比较研究。③

维度二，国统区/共产党抗日民主根据地/沦陷区（日据区）三大区划间的共时体制差异维度的要点。

这三大各自为政的独立区划，在1938年10月武汉会战结束后渐趋相对稳定。各地的言说语境迥异，需要具体问题具体分析。仅就方法论而言，否定或低估沦陷区文学的一些观点失误的原因之一是，用

---

① 如《新中国临时维新蒙疆三政权均在突飞猛进中》，见多田部队报道部编纂：《宣传宣抚参考手册》，1939。第87-92页。详见张泉：《东亚现代文学研究的一种区域/国别/全球史方法——从〈中国沦陷区文学大系〉引发的争论说起》。

② 内地日据区中的蒙疆具有民族特殊性，被称作蒙疆联合自治政府、蒙古自治邦。它像华北沦陷区伪政权一样，不是"独立国家"，名义上隶属于南京伪中央政府，实施"新中国"模式，与"满洲国"截然不同。对于有关问题的商榷，见妾佳宁：《伪蒙疆沦陷区文学中的"故国"之思》，《文学评论》2017年3期。

③ 张泉：《东亚现代文学研究的一种区域/国别/全球史方法——从〈中国沦陷区文学大系〉引发的争论说起》。

一个区划的标准来评判其它区划，没有注意到三大区划间的共时体制差异所造成的各地文学内容和文学形式间的差异。

比如，有的研究论著想当然地坚称，日据区文学"首选的叙事话语应该是'外部'的民族矛盾，而不是'内部'的男权压迫。"例证是满系离散作家萧红的《生死场》。小说的前半部分虽然描写的也是中国的男权压迫、阶级斗争，但后半部分果断地转换为抗日主题。正是《生死场》主题的这种"断裂"，使它成为"民族主义的最好的阐释"。正是它在主题"断裂"后的炽烈的"情感煽动性"，使其"在意义生成的层面上成为抗战文学的一面旗帜。"而另一位满系离散女作家梅娘没有像萧红那样，在抗战时期就直露地表现抗日，而是到了1990年代再版沦陷期的旧作时，才加以弥补。梅娘重新修订旧作的这种做法不但证明作家的政治立场有问题，而且在个人品德上也有问题。①

引入维度二，上述论断的谬误，便一目了然。因为，萧红是在1934年6月离开东北的。具体到她的《生死场》。小说的前半部分是在伪满创作的，并且已经有两节在伪满的报纸上发表。突兀地把《生死场》的主题转变为抗日的第十一节，是在青岛开笔的。原来，小说后半部分之所以能够发出东北沦陷区"这片令人窒息的大地上撕心裂肺的民族呼号"，是因为萧红的身份已经从沦陷区作家，转换为中华民国作家。1935年在上海出版的全本《生死场》，属国统区文学，没有受到日本殖民体制的约束，是可以直抒胸臆、畅所欲言的。可见，上述误判的根源，就在于无视全国抗战时期三大区划间的共时体制

---

① 王劲松、蒋承勇：《历史记忆与解殖叙事：重回梅娘作品版本的历史现场》。第175页。对于这个问题，参见本章第二节《再版民国时期旧作的修改问题》。以及本章第五节《"自述"体怀人纪事文的阅读法问题》。

差异。①

其实，在梅娘沦陷期的一些小说中，也有直露的抗日表达，比如《妈回来的时候》《迷茫》《一个蚌》等。②邵燕祥也曾这样回忆他当年阅读《夜合花开》时的现场感受：

> 小学三四年级到五六年级在沦陷区的北平，从杂志上就读到她的小说，最后一篇是 1945 年她写的《夜合花开》，我从而知道有一种花朝开夜合，夜合花开，寓意是天亮了。她的小说好读的，不难读。说是"南张北梅"，南张（爱玲）我当时没读过，但是梅娘我从小就知道。③

在殖民语境中，直露的或隐喻的反抗是非常不容易的难能可贵。④但这一点并不是我肯定梅娘乃至沦陷区文学的唯一理由。除了高度评价那些公开抨击忤逆贰臣、大胆影射和控诉日伪强盗行径的作品外，我还把形象地再现日据区城乡丑恶阴暗面、关注女性自身及妇女社会问题、恪守和承继中国战前文学信念和创作风格的作品，都归入反抗殖民的范畴。这是因为，正是数量最大的这后几类文艺创作，使得日

① 详见张泉：《整合四十年代文学的宏观方法问题——以东亚地理与中国文学场为中心》，《当代文坛》2020 年 2 期。

② 《妈回来的时候》，新京（长春）《大同报》1938 年 8 月 5 日。《迷茫》，《第二代》，长春：益智书店，1940。《一个蚌》，《满洲文艺》第 1 辑（1942 年 9 月）。对于这些作品中所表露出来的反抗内容，详见《殖民拓疆与文学离散——"满洲国""满系"作家/文学的跨域流动》一书，第 270-272 页、280-281 页。

③ 邵燕祥：《一万句顶一句：邵燕祥序跋集》，北京十月文艺出版社，2016。第 316-317 页。

④ 钱理群：《"言"与"不言"之间——〈中国沦陷区文学大系〉总序》，广西教育出版社，1998。

据区共时的在地中国语言文学表达没有出现断层。^①正如沦陷期与梅娘齐名的北京女作家雷妍，^②在 1945 年 9 月 9 日出版的书中，挥泪写下的肺腑之言：

> 在文化失去踪影，心灵枯竭到不可救药的沦陷区的生活里，我们不肯使思路中断，不肯放下笔，我们有不到气绝不使出版界夭亡的决心。于是以个人仅有而轻微得可怜的财力人力和毅力相继着发表着我们的创作。其中没有功利，但却遭受到致命的经济压迫，现在终以不屈服的毅力使它出版了，当它和读者相见的时候，胜利和平声中淹没了的兴奋泪又不能自己地落满了字里行间。（《鹿鸣·后记》）

雷妍也参加过日伪官方的文艺活动，比如出席了在南京举办的大东亚文学者大会。然而她的作品表明，她在灵魂深处一直坚守着自己的信念和立场。对于沦陷区作家，有观点认为，"女子'节烈'有背人道，不可以颂扬和提倡。文人在沦陷区保持沉默，却是坚守民族大义，可以提倡并且应该大力颂扬。"^③正是诸如此类的偏见，使得中国日据区作家、文学长期蒙受不白之冤。

沉默是被殖民国家／地区的作家的个人选择之一，但并不是惟一正确的选项。以华北沦陷区为例。抗战时期，正是由于有一大批像梅娘、袁犀、白羽、张秀亚、王度庐、吴兴华、雷妍、朱英诞（1913-1983）、

① 见张泉：《反抗军事入侵与抵制文化殖民——抗战时期北京沦陷区文学中的民族意识与国家认同》。

② 雷妍（1911-1952），河北人。原名刘植莲。民国时期，仅单行本就有1944的小说集《白马的骑者》《奔流》，1945 的《少女湖》，以及《凤凰》、《鹿鸣》。中篇小说有《良田》（1943）。

③ 杨清莲：《请不要这样引用鲁迅——对钱理群的一些不同看法》，《文艺理论与批评》2000 年 5 期。第 40 页。

查显琳（1920-2007）、钟理和这样的一大批作家坚持中文文学创作，才使得中华民族的文脉在殖民地得以延续。沦陷区文学，是中华文化谱系中不应该被摒弃、被冷落的区域／时代文学。[①]

维度三，七七事变后形成的中国现代文学史上的"战前／战时／战后三个阶段的历时转换维度"的要点。

1937 年的七七事变促成全国抗日统一战线的形成，图存救亡成了中华民族压倒一切的头等大事。在文化圈，"战时"阶段与七七事变前、抗战胜利后这两个阶段的不同之处是，阶级斗争、左翼霸权淡出。这反而给一直处在主义、革命、大众争辩旋涡中的文学创作松绑，特别是在沦陷区：日伪政权把"新文学传统一刀切断了，只要不反对他们，有点文学艺术粉饰太平，求之不得，给他们什么，——当然是毫不计较的。"也就是说，一大批作家的"旁门左道"文学，只会出现在七七事变至抗战胜利这个时期，"千载一时，'过了这村，没有那店。'"[②]这反而打破了战前的单一话语，在战时的众声喧哗中，成就了一大批尝试各种文学实验的"异数"作家。战后他们长期被冷落。在跨过新殖民阶段后的后殖民阶段，他们得以如出土文物般重新进入当代阅读，回归民族国家文学谱系，各以其不可替代的新质，丰富了民国时期的中国文学。也就是说，在中国现代文学三十年发展谱系中，他们当年的创作，同样是与特定区域／时期不可分割的重要文学遗产。

维度四，世界近现代史上的体制殖民／新殖民／后殖民三个殖民阶段的历时演化维度的要点。

① 参见张泉：《北京沦陷区女作家雷妍及其辑佚集两部前记（代序）》，收入雷妍：《黑十字》、《无声琴》，中国文史出版社，2023。
② 柯灵：《遥寄张爱玲》，《读书》1985 年 4 期。柯灵（1909-2000），沦陷时期在上海沦陷区担任刊物编辑，编发过不少张爱玲的作品。

从 15、16 世纪到 1945 年，即，在延续四百余年的体制殖民阶段，西方列强通过军事入侵在不发达地区建立起一个个殖民地，在攫取财富的同时，也输出政治架构、现代物质文明和人文价值观。1945 年世界反法西斯战争取得胜利之后，殖民地人民争取民族自决权的斗争风起云涌，体制殖民体系开始瓦解。在美苏两大阵营对峙的冷战格局下，过渡到殖民的第二个阶段即新殖民阶段，即战后到 1970 年代。新殖民阶段的主要特征是，西方发达国家通过建立军事基地、组建跨国公司、派出和平队等形式，对已经摆脱了体制殖民的新兴国家，继续实施经济掠夺、文化渗透、政治控制。殖民的第三个阶段，即后殖民阶段，始于 1970 年代之后。西方发达国家的商品，包括文化产品，风行世界，既获取经济利益也输出价值观。为了谋求和维护世界霸权，除了军事手段外，利用贸易、金融、高科技等工具搅动世界既有秩序的频次，也越来越高。

在世界近代殖民史上的第一个阶段，即体制殖民阶段，中国遭遇殖民的形态，与中国当时的四个特点紧密关联，见本节前面所述。

在第二个殖民阶段，即新殖民阶段，中国（大陆）的独特之处在于，中华人民共和国建政后，与西方隔绝，未受到西方"新殖民"的影响。[①]经过二十多年独立自主的新型国家建设和意识形态改造，中国大陆消除了殖民地的遗迹。

到 1970 年代末期开启的后殖民阶段，即世界近代殖民史上的第三个阶段，中国大陆开始实施开放，同步融入世界一体化，被动地跻于后殖民，与后殖民阶段的西方软、硬霸权相遇。

历时演化意义上的体制殖民（1945 年以前）、新殖民（1970 年代

---

① 台湾地区则不然。香港地区在 1997 年 7 月 1 日以前仍是英国的殖民地。

以前）和后殖民这三个殖民阶段中的第三个阶段，即我们现在正置身其中的后殖民阶段，牵扯面广，错综复杂相互纠缠，梳理、总结起来最为繁难。具体到东亚殖民与文学研究。随着体制殖民、新殖民、后殖民这三个殖民阶段的转换，体制殖民阶段的作家，如梅娘、梁山丁等，以及战后从事体制殖民阶段的日据区文学历史研究的从业者，即新殖民阶段，特别是后殖民阶段成长起来的新一代人文学者，在再建历史上的体制殖民期的沦陷区文学记忆、文学想象和文学阐释的时候，他们的立场和视角在殖民阶段转换的不同阶段会发生各不相同的变动和漂移。

需要注意的是，在后殖民阶段开启之时，正值中国从两极对立的铁幕后面走出来，重新与世界同步，直接跻于西方文化批判潮流。也就是说，我们是在跨越了新殖民阶段的当代后殖民阶段语境中，开始体制殖民阶段的国统区、抗日民主根据地、沦陷区三大区域文学史的研究的，特别是战后长期被打入冷宫的日据区文学。这样，如果不是以包括沦陷区在内的全景史料为基础，而是为理论而理论，教条主义地采取预设抽象概念加孤立个案的抽样方式，就会造成脱离历史现场的过度阐释，甚至会以偏概全错解历史，比如美国汉学家的"满洲国"解读。①

另一方面，当我们在后殖民阶段研究体制殖民阶段的沦陷区文学时，如果简单照搬后殖民阶段的所谓后殖民理论，或者言必称西方中国学家的中国现代文学的观点的时候，其结果很有可能重点不在钩沉中国日据期的文学原貌，而只是把体制殖民阶段的中国日据区文学作为一个话题，用来展开自说自话的后殖民理论想象和构建，这就难免不知所云，甚至得出"殖民地文学在文学史上'无史'或过分被拔高"

---

① 详见张泉：《中国沦陷区文艺研究的方法问题——以杜赞奇的"满洲国"想象为中心》，《探索与争鸣》，2017 年 1 期。

的不实结论。① 其症结在于，当前流行的西方后殖民理论所描述和依据的对象，是那些在体制殖民阶段长期全境被殖民国家和地区的经验。也就是说，在这些前殖民地国家和地区，原殖民宗主国的语言至今依旧在场，仍是官方语言或流通语言，是主要文学创作语言之一，是当代文化的组成部分，也是学术研究的内容之一。而在中国，包括实施过"皇民化"的台湾，这种语言状况早已不复存在。因而，在讨论中国体制殖民阶段的沦陷区文学史时，不宜简单化地全盘套用西方后殖民用语。需要在扬弃西方话语的基础上，建构以中国盘根错节的体制殖民阶段的半殖民地经验史为对象的后殖民阶段的"后殖民"话语系统。

引入维度四，即体制殖民／新殖民／后殖民三个殖民阶段历时演化的维度，或许有助于我们对上述问题有所警觉和杜绝。在引进和借鉴时，需要梳理作为西方学院派学术体系组成部分的东方主义、后殖民主义、文化批判的源流，考察其在东亚的传播史。在此基础上，界定东方主义、后殖民主义、文化批判理论在东亚殖民史研究、特别是在中国大陆沦陷区历史研究中的适用性问题。所涉及领域比较多，也包括语言的比较问题。比如，在许多新兴国家和地区，相当数量的作家特别是影响力较大的作家，仍在使用原殖民宗主国的语言。把这些作家和已经移民的原殖民地在地作家的后殖民阶段的文学作品，与中国体制殖民阶段的沦陷区作家在战后的新殖民阶段或后殖民阶段的文学创作加以比较，或可有助于辨析西方理论在中国的适用性问题，促使我们探讨具有中国特色的以东亚殖民场为对象的研究方法、理论架构。

总之，上述四个维度是中国殖民地文化以及殖民地文化研究的结构性背景，也是研究现代文学史上的殖民地文学史，特别是在对不同

---

① 参见张泉：《殖民拓疆与文学离散——"满洲国""满系"作家／文学的跨域流动》，第 6-9 页。以及王劲松、蒋承勇：《历史记忆与解殖叙事：重回梅娘作品版本的历史现场》。第 175 页。

的日本统治区的区域文学史作政治评价时，标准差异化的原因或依据。推而论之，上述与殖民相关的四个维度背景或方法，不仅可以用来考察像梅娘这样的"20世纪中国文学"中的"长时段作家"，在东亚殖民场研究、东亚殖民地知识人跨域流动史研究等领域，或可也会有所助益。①

🏛 简短的结语

青山遮不住，毕竟东流去。

在《文学"统战"与当代文学在新中国的重建——以〈亦报〉场域中的"沦陷区三家"梅娘、周作人、张爱玲为例》一文的结论中，为了论证的方便，我曾把梅娘漫长的写作生涯，从五个时期简化成三个：中国半殖民地时期的日据区十年（1936-1945）、旧中国国民政府控制区一年（1946）和新中国大陆五十五年（1949-2013）。从后向前反推，揣测梅娘对待政体的态度和立场。

在第三个时期，即在1950年代的新中国时期及其后，梅娘的文学创作力图贴近主流，服务于共产党缔造的新中国及其政治理想。

在第二个时期，即在战后中国国民政府的控制区吉林长春，梅娘没有纯文艺作品，只有少量通讯，认同收复、接管沦陷区的中国国民政府。

而在第一个时期，即在"满洲国"、宗主国日本、北京沦陷区这十年，是梅娘创作生涯中最重要的阶段。唯独在这个时期，梅娘在她的文学

---

① 已有新锐学者把"四个维度"中的空间维度，用于考察不同"沦陷区电影"的多元生态。如钟瀚声的《抗战时期中国"沦陷区电影"研究方法再思考——兼论英文学界的"满映"研究》（《北京电影学院学报》2022年2期）。也有专题研究把与"四个维度"密不可分的"跨域流动"意义上的多重语境，用于解读萧红的《生死场》，如刘东的《跨域·"越轨"·诠释——重读萧红〈生死场〉》（《文学评论》2020年3期）。

文本中没有歌颂统治者，没有服务伪政权，没有把日伪殖民政权视为合法统治者，而是暴露现实黑暗与解析殖民恶果，体现出鲜明的女权自觉与底层关怀。①

也正因为如此，梅娘与一大批沦陷区作家一起，在"文革"结束之后，随着中国改革开放的进程，最终得以纳入中国现代文学史，②汇入中华文化遗产。

京东北平里

2023 年 3 月 10 日

定稿于圣马特奥县门罗帕克

2023 年 7 月 20 日

---

① 在北京沦陷区，梅娘有少量的通讯报道及命题言说。这些文字有其特定的背景，并非作家的认知和认同的主体。如何客观分析，参见张泉：《东亚殖民语境中北方代表女作家的生成——简论北京时期的梅娘》，《沈阳师范大学学报》2016 年 5 期。在该期的《纪念沦陷区女作家梅娘诞辰一百周年专题》中，还刊有《殖民语境下东北新文学发展的另一种可能——以梅娘在伪满文坛的两种身份标签为中心》（王越）、《梅娘侨居日本时期的朝鲜人题材小说——兼谈柳龙光的朝鲜观对梅娘的影响》（朴丽花）和《新中国文学场域初建期的"隐身人"——以与张爱玲、周作人同台出场的梅娘为中心》（庄培蓉）。

② 对于新编文学史在内容与结构方面需要注意的一些新问题，我已在几篇文章中做了初步的探讨。如《重绘中国文学地图的基础——以少数民族文学和地域、区域文学专史为中心》（李少群编：《地域文化与文学研究论集》，中国社科出版社，2007）、《试析中国区域文学史的现状及意义——兼谈北京区域文学史》（《北京社会科学》2008 年 1 期）、《试论中国现代文学史如何填补空白——沦陷区文学纳入文学史的演化形态及所存在的问题》（《文艺争鸣》2009 年 11 期）、《新编中国现代文学史亟待整合的三个板块——从具有三重身份的小说家王度庐谈起》（《河北学刊》2010 年 1 期）、《中国鲁迅学有待填补的地域／时段空缺——从中国鲁迅学通史谈起》（《鲁迅研究月刊》 2010 年 3 期）、《殖民／区域：建构中国现代文学史的一种维度——以日本占领华北时期的北京台湾人作家群为例》等。

附：《梅娘全集》主编张泉简介

张泉，北京市社会科学院二级研究员（退休）。1969 年上山下乡赴内蒙古生产建设兵团。在二师十八团（后改隶十三团）包头农药厂机修连担任电工班长的五年半里，以勤补拙埋头文史哲经文献。后毕业于北京师院俄语系。1980 年通过中国社科院在全国招聘研究人员的考试，被分配到北京社科院。曾任文学研究所所长、北京社科联常委、北京文艺学会会长等。1997 年，受聘依萨卡（绮色佳）康奈尔大学，担任东亚中心外国人研究员。2010 年，受聘新竹清华大学，担任台湾文学研究所、中国文学系合聘客座教授。所涉猎题目包括近代东亚殖民与日本占领区文学、国际汉学（现代文学）、北京文学与区域文化、北京文化创意产业等。著作有《殖民拓疆与文学离散——"满洲国""满系"作家 文学的跨域流动》（北方文艺出版社，2017）、《抗战时期的华北文学》（修订扩大本，贵州教育出版社，2005）、《沦陷时期北京文学八年》（中国和平出版社，1994）。翻译、编译有《被冷落的缪斯——中国沦陷区文学史（1937—1945）》（[美]Edward M.Gunn 原著，新星出版社，2006）、《钱钟书和他的〈围城〉——美国学者论钱钟书》（中国和平出版社，1991）。主编书刊有《抗日战争时期沦陷区史料与研究》、《当代北京文学（上下卷）》（北京出版社，2008）、《北京改革开放 30 年研究·文化卷》（北京出版社，2008）以及 2007 至 2010 年的年度《北京文化发展蓝皮书》（社会科学文献出版社）。编有《铭记的事物一概来自长春——梅娘八十载写作生涯文选》（长春出版社，2019）、《梅娘小说散文集》（北京出版社，1997）等梅娘作品集、研究集五种。

辑三 资料

梅娘作品目录

张泉 ［日］大久保明男 编

〖 小说 〗

1936 年

母亲　　　　最初收入小说集《爱的新小说》，长春益智书店 5 月 25 日，作者
　　　　　　署名，敏子

不期而遇　　长春《大同报》10 月 2 日，作者署名，玲玲

我与孩子　　长春《大同报》10 月 14 日，作者署名，玲玲

梅子　　　　长春《大同报》10 月 18 日，作者署名，玲玲

往事　　　　长春《大同报》11 月 10、11、12 日，作者署名，玲玲

陶娘　　　　最初收入《小姐集》，长春益智书店 12 月 11 日，作者署名，敏子

邂逅　　　　最初收入《小姐集》，长春益智书店 12 月 11 日，作者署名，敏子

芳邻　　　　最初收入《小姐集》，长春益智书店 12 月 11 日，作者署名，敏子

玲玲　　　　最初收入《小姐集》，长春益智书店 12 月 11 日，作者署名，敏子

秋　　　　　最初收入《小姐集》，长春益智书店 12 月 11 日，作者署名，敏子

幕　　　　　最初收入《小姐集》，长春益智书店 12 月 11 日，作者署名，敏子

天平　　　　最初收入《小姐集》，长春益智书店 12 月 11 日，作者署名，敏子

1937 年

蓓蓓　　　　长春《大同报》10 月 14、15、16 日

忆　　　　　长春《大同报》10 月 22 日，作者署名，丽娘

小别　　　　长春《大同报》11 月 5 日

1938 年

小宴　　　　长春《大同报》2 月 10、11 日

归乡　　　　长春《大同报》2 月 19 、20 日

追　　　　　长春《大同报》3 月 16、17、18、19 日

花柳病患者　长春《大同报》6 月 4 日

时代姑娘　　长春《大同报》6 月 18、19、21 日

六月的风　　长春《大同报》7 月 1 日

最后的求诊者 长春《大同报》7 月 20 日

妈回来的时候 长春《大同报》8 月 5 日

第二代　　　长春《大同报》8 月 31 日，9 月 7、9、11、14、16、18、21、
　　　　　　23、28 日

一个女职员（2）　长春《斯民》5 卷 11 期

1939 年

五分钟的光景	长春《大同报》3 月 26 日
在雨的冲激中	日本《华文大阪每日》2 卷 9 期（5 月 1 日）
傍晚的喜剧	长春《文选》第一辑

1940 年

迷茫	最初收入《第二代》，长春益智书店，作者署名，孙敏子
落雁	最初收入《第二代》，长春益智书店，作者署名，孙敏子

1941 年

侨民	长春《新满洲》3 卷 6 期（6 月）
鱼	北京《中国文艺》4 卷 5 期（7 月 5 日）
蟹	日本《华文大阪每日》7 卷 5 期 -12 期（9 月 1 日 -12 月 15 日）
侏儒	北京《中国文艺》5 卷 2 期
女难	长春《大同报》10 月 29 日

1942 年

黄昏之献	北京《新轮》4 卷 3 期
春到人间	北京《国民杂志》2 卷 4 期
阳春小曲	北京《妇女杂志》3 卷 4 期
如梦令	长春《电影画报》6 卷 4 号
旅	北京《万人文库》13 期
雨夜	北京《中国文艺》6 卷 3 期
一个蚌	长春《满洲文艺》第 1 辑。后改题《蚌》，收入左蒂编《女作家创作选》，长春文化社

1943 年

小广告里面的故事	北京《中国文艺》8 卷 5 期
动手术之前	北京《艺文杂志》1 卷 1 期

1944 年

双燕篇　　　北京《中国文学》1 卷 1 期

夜行篇　　　北京《中国文学》1 卷 2 期

行路难　　　北京《妇女杂志》5 卷 2 期

茄子底下　　上海《文潮副刊》2 期。后改题《黎明的喜剧》，收入《黎明的喜剧》，
　　　　　　华北作家协会

姐弟篇　　　北京《中国文学》1 卷 4 期

黄昏篇　　　最初收入《苗是怎样长成的》，北京新民印书馆

西风篇　　　北京《中国文学》1 卷 5 期

白雪篇　　　北京《中国文学》1 卷 6 期

异国篇　　　北京《中国文学》1 卷 8 期

话旧篇　　　北京《中国文学》1 卷 9 期

夜合花开　　（31 节，未完），1-14 节，北京《中华周报》1 卷 1 期至 14 期（9
　　　　　　月 24 日 -12 月 24 日）；15-19 节，2 卷 1 期至 5 期（1945 年 1
　　　　　　月 1 日 -28 日）；20-31 节，2 卷 23 期至 34 期（1945 年 6 月 3 日 -1945
　　　　　　年 8 月 19 日）

1952 年

母女俩   上海《亦报》4 月 1 日 -6 月 6 日，作者署名，梅琳

春天   上海《亦报》8 月 27 日 -11 月 7 日，作者署名，孙翔

为了明天   上海《新民报晚刊》12 月 13 日 -1953 年 2 月 24 日，作者署名，
　　　　　　　　高翎

1953 年

我和我的爱人   上海《新民报晚刊》4 月 9 日 -17 日，作者署名，刘遐

什么才是爱情   上海《新民报晚刊》7 月 15 日 -9 月 16 日，作者署名，瑞芝

【 散文 】

1936 年

花弄影　　　长春《大同报》5 月 20 日，作者署名，敏子

公暇教育表弟，挣钱奉养母亲——赵小茹小姐访问记，长春《大同报》9 月 10 日，
　　　作者署名，莲江

秋雨声中——与崔日普先生一夕谈　长春《大同报》9 月 17 日，作者署名，莲江

松花江畔　　长春《大同报》9 月 26 日，作者署名，莲江

立秋　　　　长春《大同报》9 月 26 日，作者署名，玲玲

秋·黄昏　　长春《大同报》9 月 27 日，作者署名，玲玲

落叶　　　　长春《大同报》9 月 30 日，作者署名，玲玲

黄金穗子　　长春《大同报》10 月 9 日，作者署名，玲玲

纪阜华女士访问记：触物伤情 往事不堪回首！奉姑育儿 现今茹苦含辛（上）　长
　　　春《大同报》10 月 15 日，作者署名，莲江

纪阜华女士访问记：触物伤情 往事不堪回首！奉姑育儿 现今茹苦含辛（下）　长
　　　春《大同报》10 月 22 日，作者署名，莲江

生之迷津　　长春《大同报》10 月 23 日，作者署名，玲玲

大众良母：刘静娴女士访问记 长春《大同报》10 月 29 日，作者署名，莲江

自序　　　　最初收入《小姐集》，长春益智书店，作者署名，敏子

海底反应　　最初收入《小姐集》，长春益智书店，作者署名，敏子

雨点　　　　最初收入《小姐集》，长春益智书店，作者署名，敏子

春之夜　　　最初收入《小姐集》，长春益智书店，作者署名，敏子

落花	最初收入《小姐集》，长春益智书店，作者署名，敏子
瓶花	最初收入《小姐集》，长春益智书店，作者署名，敏子
初会	最初收入《小姐集》，长春益智书店，作者署名，敏子
信	最初收入《小姐集》，长春益智书店，作者署名，敏子
我底朋友们	最初收入《小姐集》，长春益智书店 1，作者署名，敏子

1937 年

童年	长春《大同报》1937 年 8 月 28 日
职业	长春《大同报》1937 年 9 月 2 日
煤油灯	长春《大同报》1937 年 10 月 9 日

1938 年

| 译记（《晴天的雨》） | 长春《大同报》10 月 28 日 |
| 献 | 日本《华文大阪每日》3 卷 9 期，后刊长春《大同报》11 月 28 日 |

1940 年

| 拜伦的一生 | 日本《华文大阪每日》5 卷 10 期（11 月 15 日） |

1941 年

佐藤太太　　　　大阪外国语学校《支那及支那语》4 月号，后改题《旅日生活日記:
　　　　　　　　佐藤太太》　刊北京《艺文杂志》1 卷 3 期（1943 年 9 月）
几句话　　　　　日本《华文大阪每日》7 卷 4 期（8 月 15 日）

1942 年

本年的理想　　　　　　北京《中国文艺》5 卷 5 期
家庭手工艺一瞥　　　　北京《妇女杂志》3 卷 2 期，作者署名，孙敏子
访外交部长褚民谊先生　北京《妇女杂志》3 卷 5 期，作者署名，敏子
孤女乐园仁慈堂巡礼　　北京《妇女杂志》3 卷 5 期，作者署名，孙敏子
大东亚博览会　　　　　北京《妇女杂志》3 卷 6 期，作者署名，孙敏子
大学女生在古城：（一）北大医学院
　　　　　　　　　　　北京《妇女杂志》3 卷 6 期，作者署名，孙敏子
大学女生在古城：（二）北大文学院·辅大女院
　　　　　　　　　　　北京《妇女杂志》3 卷 7 期，作者署名，孙敏子
大学女生在古城：（三）师大女院·中国大学
　　　　　　　　　　　北京《妇女杂志》3 卷 8 期，作者署名，孙敏子
丹羽文雄介绍　　　　　北京《民众报》8 月 1 日
齐耀珠小姐介绍　　　　北京《国民杂志》2 卷 8 期
徐凌影女士访问记　　　北京《妇女杂志》3 卷 9 期，作者署名，孙敏子
张忠娴女士访问记　　　北京《妇女杂志》3 卷 9 期，作者署名，孙敏子

天津一日记	北京《妇女杂志》3 卷 9 期，作者署名，孙敏子
旅青杂记	北京《妇女杂志》3 卷 10 期，作者署名，孙敏子
海滨细语	北京《妇女杂志》3 卷 11 期
石川达三氏小介绍	北京《妇女杂志》3 卷 11 期
函询解答	北京《妇女杂志》3 卷 12 期，作者署名，韩洁、孙敏子

1943 年

征友运动：击起你我的友谊吧！

北京《吾友》3 卷 19 期，作者署名，敏子

读随笔	北京《妇女杂志》4 卷 7 期
复小姐姐	北京《妇女杂志》4 卷 7 期，作者署名，敏子

1944 年

我与绘画	北京《中华漫画》创刊号
哑	北京《国民杂志》4 卷 2 期
我底随想与日本	日本《华文每日》135 号（11 月 1 日）

我的少女时代：我没看见过娘底笑脸

北京《妇女杂志》5 卷 11 期

1945 年

四月二十九日对日广播——为日本女性祝福

　　　　　　　　北京《妇女杂志》6 卷 5、6 期合

1946 年

还我河山、收复主权　光荣将士新十四军访问记 "龙军长和记者的一问一答"

　　　　　　　　吉林《第一线》1 卷 1 期，作者署名，孙嘉瑞

编辑记　　　　　　吉林《第一线》1 卷 1 期，作者未署名

酷暑中，聆梁主席畅谈省政民生

　　　　　　　　吉林《第一线》1 卷 2 期，作者署名，孙嘉瑞

信箱　　　　　　　吉林《第一线》1 卷 2 期，作者未署名

编辑记　　　　　　吉林《第一线》1 卷 2 期，作者未署名

信箱　　　　　　　吉林《第一线》1 卷 3 期，作者未署名

1952 年

这都是我们的换班人　上海《亦报》4 月 27 日，作者署名，孙翔

堵洞记　　　　　　上海《亦报》4 月 28 日，作者署名，孙翔

东北农村旅行记　　上海《亦报》8 月 12 日 -9 月 17 日，作者署名，柳霞儿

太行山区看丰收　　上海《亦报》1952 年 11 月 14 日 -20 日，作者署名，柳霞儿

李顺达在西沟村　　上海《新民报晚刊》11 月 21 日 -24 日，作者署名，柳霞儿

1953 年

孩子骂人　　　　　上海《新民报晚刊》2 月 26 日，作者署名，孙翔

北海桃花开　　　　上海《新民报晚刊》3 月 24 日，作者署名，孙翔

卖豆浆的老头　　　上海《新民报晚刊》4 月 2 日，作者署名，孙翔

到吴淞去　　　　　上海《新民报晚刊》4 月 29 日，作者署名，白芷

小羊与鸽子　　　　上海《新民报晚刊》5 月 4 日，作者署名，孙翔

"鸡肉丸子"的顾客们　　　上海《新民报晚刊》5 月 5 日，作者署名，孙翔

景文州老店　　　　上海《新民报晚刊》5 月 6 日，作者署名，孙翔

保育院的儿童车　　上海《新民报晚刊》5 月 7 日，作者署名，孙翔

出嫁与结婚　　　　上海《新民报晚刊》5 月 8 日，作者署名，孙翔

生产战线上的一员　　　　上海《新民报晚刊》5 月 9 日，作者署名，孙翔

龙亭的新生　　　　上海《新民报晚刊》5 月 10 日，作者署名，孙翔

相国寺后街　　　　上海《新民报晚刊》5 月 11 日，作者署名，孙翔

把科学还给人们　　上海《新民报晚刊》5 月 12 日，作者署名，孙翔

十座贞节碑　　　　上海《新民报晚刊》6 月 28 日，作者署名，孙翔

石榴花开　　　　　上海《新民报晚刊》6 月 29 日，作者署名，孙翔

一杯香茶　　　　　上海《新民报晚刊》6 月 30 日，作者署名，孙翔

地主的砦寨　　　　上海《新民报晚刊》7 月 1 日，作者署名，孙翔

一位炒茶技工　　　上海《新民报晚刊》7 月 4 日，作者署名，孙翔

李乃香的婚事　　　上海《新民报晚刊》7 月 5 日，作者署名，孙翔

茶山的远景　　　　上海《新民报晚刊》7 月 6 日，作者署名，孙翔

吕鸿宾讲故事　　　上海《新民报晚刊》11 月 9 日，作者署名，孙翔

太阳升起前的劳动　上海《新民报晚刊》11 月 10 日，作者署名，孙翔

吕春香姐妹　　　　上海《新民报晚刊》11 月 11 日，作者署名，孙翔

一升蓼子的故事　　上海《新民报晚刊》11 月 12 日，作者署名，孙翔

切甘薯的机器　　　上海《新民报晚刊》11 月 14 日，作者署名，孙翔

杜英蓉的婚事　　　上海《新民报晚刊》11 月 15 日，作者署名，孙翔

吕春香谈北京　　　上海《新民报晚刊》11 月 16 日，作者署名，孙翔

1954 年

面粉袋的商标　　　香港《大公报》3 月 29 日，作者署名，云凤

街头广播　　　　　香港《大公报》3 月 31 日，作者署名，云凤

甜水井与苦水井　　香港《大公报》4 月 1 日，作者署名，云凤

孩子回家　　　　　香港《大公报》4 月 8 日，作者署名，云凤。
　　　　　　　　　后改题《小祥回家》，刊上海《新民报晚刊》5 月 10 日

电气工人和"春不老"　上海《新民报晚刊》4 月 12 日，作者署名，孙翔

冶金工人和他的眷属　上海《新民报晚刊》4 月 13 日，作者署名，孙翔

几片麻糖　　　　　上海《新民报晚刊》4 月 14 日，作者署名，孙翔

南方妈妈和北方战士　上海《新民报晚刊》4 月 15 日，作者署名，孙翔

素食与冰糖莲子　　上海《新民报晚刊》4 月 19 日，作者署名，孙翔

车上友谊　　　　香港《大公报》4 月 23 日，作者署名，云凤。
　　　　　　　　后改题《"同行是亲家"》，刊上海《新民报晚刊》4 月 29 日，
　　　　　　　　作者署名，云凤

万绿丛中一点红　香港《大公报》5 月 18 日，作者署名，云凤

三人都变蝴蝶　　香港《大公报》6 月 7 日，作者署名，云凤

满街盈巷流花香　香港《大公报》6 月 11 日，作者署名，云凤

暴风雨中的小故事　　香港《大公报》6 月 15 日，作者署名，云凤。
　　　　　　　　　　后改题《大风雨中的小故事》，刊上海《新民报晚刊》
　　　　　　　　　　6 月 23 日，作者署名，云凤

母女之争　　　　香港《大公报》6 月 21 日，作者署名，云凤。
　　　　　　　　后改题《文蓉的婚礼》，刊上海《新民报晚刊》
　　　　　　　　7 月 11 日，作者署名，云凤

后海泛舟　　　　香港《大公报》6 月 30 日，作者署名，云凤

小女儿履行守则　香港《大公报》7 月 6 日，作者署名，云凤

太平花　　　　　香港《大公报》7 月 7 日，作者署名，云凤

黑眼睛（上、中、下）
　　　　　　　　上海《新民报晚刊》9 月 13-15 日，作者署名，孙翔

一颗番茄　　　　上海《新民报晚刊》10 月 9 日，作者署名，云凤

木制的"花树玩具"　香港《大公报》10 月 12 日，作者署名，云凤

一株茉莉　　　　香港《大公报》11 月 2 日，作者署名，云凤

学校与家庭　　　上海《新民报晚刊》12 月 27 日，作者署名，孙翔

扫街的老爷爷　　上海《新民报晚刊》12 月 30 日，作者署名，孙翔。
　　　　　　　　后改题《扫雪的老爷爷》，刊香港《大公报》1 月 9 日，
　　　　　　　　作者署名，云凤

1955 年

喜相逢（上、中、下）

　　　　　上海《新民报晚刊》3 月 28、29、30 日，作者署名，孙翔

我的女儿怎样拍电影

　　　　　香港《大公报》5 月 1、3—13 日，作者署名，云凤

枫桥江上（上、中、下）

　　　　　上海《新民报晚刊》5 月 2、3、4 日，作者署名，孙翔

北京街头见荔枝　　香港《大公报》6 月 9 日，作者署名，云凤

开吧! 曼妙的芍药　　香港《大公报》6 月 14 日，作者署名，云凤

1956 年

讲《诗经》　　　　上海《新民报晚刊》1956 年 12 月 17 日，作者署名，孙翔

1957 年

"五粒小莞豆"　　　上海《新民报晚刊》1 月 10 日，作者署名，孙翔

花一样的篝火　　　上海《新民报晚刊》2 月 8 日，作者署名，云凤

妈妈的感谢　　　　上海《新民报晚刊》3 月 11 日，作者署名，云凤

雾　　　　　　　　上海《新民报晚刊》3 月 12 日，作者署名，孙翔

与女儿相处　　　　上海《新民报晚刊》3 月 19 日，作者署名，云凤

情谊深长	上海《新民报晚刊》4 月 4 日，作者署名，云凤
竹	上海《新民报晚刊》4 月 30 日，作者署名，云凤
云栖之茶	上海《新民报晚刊》5 月 8 日，作者署名，云凤
一枚纪念章	上海《新民报晚刊》5 月 23 日，作者署名，云凤
五月榴花	上海《新民报晚刊》6 月 12 日，作者署名，云凤
农业社的傍晚	上海《新民报晚刊》8 月 11 日，作者署名，云凤
一床喜被	上海《新民报晚刊》1957 年 8 月 12 日，作者署名，云凤
银茶	上海《新民报晚刊》8 月 13 日，作者署名，云凤
爷爷和孙子	上海《新民报晚刊》8 月 28 日，作者署名，云凤

1979 年

新美人计　　　　香港《大公报》6 月 10 日，作者署名，柳青娘

宫廷贡品走向平民化　　　香港《大公报》6 月 18 日，作者署名，柳青娘

八百年的蘑菇新一代　　　香港《大公报》6 月 30 日，作者署名，柳青娘

爱情的千古见证——蓝色的血液

　　　　　香港《大公报》7 月 11、12 日，作者署名，柳青娘

随笔二题：玫瑰的启示　　　香港《大公报》8 月 4 日，作者署名，青娘

佛像画册与松本妈妈——喜读《戴草笠的地藏菩萨》

　　　　　香港《大公报》8 月 6 日，作者署名，柳青娘

草原的花朵——草原记行之一

　　　　　香港《大公报》10 月 4 日，作者署名，柳青娘

草原的天和草——草原记行之二

　　　　　　　香港《大公报》10 月 5 日，作者署名，柳青娘

风力机和太阳能——草原记行之三

　　　　　　　香港《大公报》10 月 6 日，作者署名，柳青娘

参加婚礼——草原记行之四

　　　　　　　香港《大公报》10 月 8 日，作者署名，柳青娘

茵陈木的手杖——草原记行之五

　　　　　　　香港《大公报》10 月 10 日，作者署名，柳青娘

1981 年

迎春新意　　　　上海《新民晚报》1 月 8 日，作者署名，青娘

春城游　　　　　北京《旅游》1 月号，作者署名，孙家瑞

留得春意在——外一章

　　　　　　　香港《大公报》3 月 30 日，作者署名，柳青娘

正定怀古　　　　香港《大公报》5 月 3 日，作者署名，柳青娘

贺龙轶事几则　　香港《大公报》年 6 月 16 日，作者署名，柳青娘

1982 年

一架画屏风　　　香港《大公报》10 月 8 日，作者署名，柳青娘

1983 年

人家尽枕河　　　　香港《大公报》1983 年 7 月 11 日，作者署名，柳青娘

1984 年

打边炉——广东渔乡美味　　　　上海《新民晚报》7 月 27 日，作者署名，柳青娘

1986 年

小析孙中山科学观的形成　　　　《北京科技报》11 月 28 日，作者署名，柳青娘

1987 年

写在《鱼》原版重印之时　　　　收入梁山丁等主编《东北文学研究史料》5 辑

1989 年

《我爱大自然》影展联想　　　　北京《大自然》4 期，作者署名，戚一、孙嘉瑞
远山博士的遐想　　　　北京《新观察》4 期

1990 年

一段往事——回忆赵树理	长治《赵树理研究》1 期
霜叶红于二月花	北京《农民报》6 月 4 日
知音寄语	北京《文艺报》1990 年 9 月 22 日
绿的遐想	长春《作家》1990 年 10 期
松花江的哺育	收入梁山丁主编《萧军纪念集》，沈阳春风文艺出版社

1991 年

愿望	北京《文艺报》5 月 25 日

1992 年

寒夜的一缕微光——《小姐集》	刊行五十二年祭宋星五先生兼作选集记，《长春晚报》1 月 21 日
长春忆旧	《吉林日报》5 月 9 日
一个岔曲	收入冯为群等编《东北沦陷时期文学国际学术研讨会论文集》，沈阳出版社
纪念田琳	黑龙江省文学学会《文学信息》8 月 8 日

1994 年

情到深处	《吉林日报》3 月 19 日
呵，女人	《吉林日报》9 月 3 日

1995 年

我与日本	日本《民主中国月刊》3 期
对白云	台湾《联合文学》127 期

1996 年

夫人的宽容	长春《吉林日报》6 月 4 日
我的青少年时期（1920-1938）	长春《作家》9 期

1997 年

我与张爱玲	北京《中华读书报》1997 年 4 月 2 日
为什么写散文	最初收入《梅娘小说散文集》
云南之旅	最初收入《梅娘小说散文集》
赵树理与我	最初收入《梅娘小说散文集》
萧红笔下的女人	最初收入《梅娘小说散文集》
献给《时代姐妹》	长春《时代姐妹》10 期

1998 年

三个二十七的轮回	武汉《今日名流》2 期
人间事哪能这么简单	《书屋》6 期，作者署名，邢小群、梅娘
我忘记了，我是女人	沈阳《统战月刊》7 期
梅娘之言	收入杨志鹏主编《中国作家 3000 言》（下册），北京新华出版社，9 月

1999 年

遥致友人　　吉林《长春日报》1 月 28 日

2000 年

音在弦外——在《我家》出版座谈会上的发言　　北京《博览群书》8 期
"一代故人"的回声　　北京《博览群书》9 期

2001 年

2002 年

2003 年

2004 年

诗人与我　　　　　上海《文汇读书周报》3 月 15 日

观独舞　　　　　　上海《文汇报》4 月 5 日。后改题《多么好的一场独舞》刊
　　　　　　　　　《北京青年报》4 月 16 日

2005 年

《博览群书》与我　　　　　　北京《博览群书》2 期。
　　　　　　　　　　　　　后改题《〈博览群书〉与我这一代》，收入《梅娘近作及书简》

记忆片断　　　　　刊《梅娘近作及书简》2005.8

往事依依　　　　　刊谭宗远编《怀念集》

致辞　　　　　　　北京《农业影视》10 期

我的答案　　　　　北京《芳草地》6 期

回应　　　　　　　刊《梅娘近作及书简》2005.8

我的"女权主义"　刊《梅娘近作及书简》2005.8

我与日本文学　　　刊《梅娘近作及书简》2005.8

索拉的笑容　　　　刊《梅娘近作及书简》2005.8

振聋发聩　　　　　刊《梅娘近作及书简》2005.8

一封未寄出的信　　刊《梅娘近作及书简》2005.8

2006 年

梅娘：张爱玲的作品不鼓舞人	北京《新京报》1 月 6 日
真情不泯	收入《釜屋修先生 退休纪念文集》，日本翠书房
北海公园的百姓乐	北京《北京社会报》9 月 13 日，作者署名，孙嘉瑞

2007 年

《满洲映画》的王则——一位日本朋友的笔记读后	
	北京《新文学史料》2 期
梅娘致许觉民书扎	北京《传记文学》6 期
梅娘自述	顾国华编《文坛杂忆卷二十四》，自印。后改题《我是一只草萤》收入《梅娘：怀人与纪事》，2014
话说俊子	北京《芳草地》5、6 期合刊

2008 年

一次碰撞	南京《开卷》11 期

2009 年

悼念	《天津记忆》24 期

2011 年

感悟片段　　　　　　　收入顾国华编《人生感悟与长寿感言》，自印

2012 年

老金　　　　　　　　　北京《芳草地》1 期

2013 年

梅娘赘语——序《故乡有约》
　　　　　　　　　收入侯健飞《故乡有约》，解放军文艺出版社
企盼、渴望　　　　　　北京《芳草地》1 期

2014 年

三角帽子　　　　　　　收入《梅娘：怀人与纪事》2014.4
往事如烟——妇女杂志的记者生涯　　　　　　最初收入涂晓华著《上海沦陷
　　　　　　　　　时期〈女声〉杂志研究》，北京中国传媒大学出版社
序四：闲话"闲话"　　　收入子聪主编《开卷闲话序跋集》，人民日报出版社

【 诗歌 】

1936 年

世间	长春《大同报》10 月 4 日，作者署名，玲玲
秋花	长春《大同报》10 月 8 日，作者署名，玲玲
秋思	长春《大同报》10 月 16 日，作者署名，玲玲
过去的生命	最初收入《小姐集》，长春益智书店，作者署名，敏子
迷惘	最初收入《小姐集》，长春益智书店，作者署名，敏子
江风	最初收入《小姐集》，长春益智书店，作者署名，敏子

1937 年

慈爱的满洲大地　长春《大同报》12 月 14 日

1940 年

如今梦都是迟重的　长春《诗季》第一卷春季号

1941 年

寄魏娜　　　　　北京《吾友》1 卷 84 期，作者署名，敏子

2002 年

第十三片绿叶　　北京《稻香湖》11 期

〖 其他（剧本等）〗

1. 故事、儿童文学

1936 年

奸刁的曹操	长春《大同报》10 月 7 日，作者署名，莲江
勇于改过的齐襄王	长春《大同报》10 月 8 日，作者署名，莲江
王戎的聪明	长春《大同报》10 月 14 日，作者署名，莲江
假面具的来历	长春《大同报》10 月 21 日，作者署名，莲江
汉武帝轶事	长春《大同报》11 月 4 日，作者署名，莲江
穰苴治军	长春《大同报》11 月 11 日，作者署名，莲江
空弓下雁	长春《大同报》11 月 18 日，作者署名，莲江
月夜箫声	长春《大同报》11 月 25 日，作者署名，莲江
千里马	长春《大同报》12 月 2 日，作者署名，莲江

1953 年

小美丽（上）	上海《新民报晚刊》3 月 1 日，作者署名，孙翔
小美丽（下）	上海《新民报晚刊》3 月 2 日，作者署名，孙翔
柏年的家庭作业上（上）	上海《新民报晚刊》3 月 4 日，作者署名，孙翔
柏年的家庭作业上（下）	上海《新民报晚刊》3 月 5 日，作者署名，孙翔
做风筝	上海《新民报晚刊》3 月 14 日，作者署名，孙翔
爱哭的小荫梅（上）	上海《新民报晚刊》3 月 27 日，作者署名，孙翔
爱哭的小荫梅（下）	上海《新民报晚刊》3 月 28 日，作者署名，孙翔
真正的第一	上海《新民报晚刊》7 月 30 日，作者署名，孙翔

1997 年

闪光的小伞	香港《儿童文学艺术》7 月 5 期

2. 连环画

1953 年

郭玉恩农业生产合作社为啥丰产　　　　　北京《中国农业科学》1953 年 2 月 12 日，
　　　　　　　　　　　　　　　　　　　作者署名，孙嘉瑞、梁非

2000 年

我的小鸟朋友　　　　　　　　　　　　　收入《大作家与小画家》，
　　　　　　　　　　　　　　　　　　　作者署名，梅娘配文、芷渊作画
蚯蚓杜威的故事　[加拿大] 丹尼尔原作
　　　　　　　　　　　　　　　　　　　收入《大作家与小画家》，作者署名，
　　　　　　　　　　　　　　　　　　　柳青翻译、梅娘改写、芷渊、茵渊插图

3. 剧本

1957 年

安徽省农业展览会（黑白电影）　　中国农业电影电视中心，
作者署名，孙加瑞编导

1980 年

红松林的故事（科教电影文学剧本）北京《大自然》2 期，作者署名，孙嘉瑞

1982 年

乙烯利催熟棉花（彩色科教电影）　中国农业电影电视中心，
作者署名，孙加瑞编导

1983 年

四用树——新银合欢（科教电影文学剧本）
北京《大自然》4 期，作者署名，孙加瑞

1984 年

瓜、豆、菜、花的害虫——白粉虱和它的天敌丽蚜小蜂（科教电影文学剧本）

　　　　　　　　　　　北京《大自然》3 期，作者署名，叶保全、孙加瑞

1985 年

水乡绿化（彩色）　　　　　孙嘉瑞编导　张伟英摄影

〖 书信 〗

1942 年

函询解答　　　北京《妇女杂志》3 卷 12 期，作者署名，韩洁、孙敏子

1943 年

复小姐姐　　　北京《妇女杂志》4 卷 7 期

1944 年

寄吴瑛书　　　长春《青年文化》1 卷 5 期

附录：《吴瑛〈复梅娘书：第一信〉》　　　　　　　北京《妇女杂志》5 卷 4 期

1946 年

信箱　　　　　吉林《第一线》1 卷 2 期，作者署名，瑞
信箱　　　　　吉林《第一线》1 卷 3 期，作者署名，瑞

1993 年

远方的思念　　吉林《吉林日报》3 月 13 日

1996 年

一封家书　　　吉林《吉林日报》10 月 4 日

1999 年

孙嘉瑞致翟泰丰（1999 年 9 月 5 日）
　　　　　　　收入翟泰丰著《翟泰丰文集·5·书信往来卷·下》，北京作家出版社
孙嘉瑞致翟泰丰（1999 年 10 月 1 日）
　　　　　　　收入翟泰丰著《翟泰丰文集·5·书信往来卷·下》，北京作家出版社
孙嘉瑞致翟泰丰（1999 年 10 月 24 日）
　　　　　　　收入翟泰丰著《翟泰丰文集·5·书信往来卷·下》，北京作家出版社

2003 年

致刘淑真　　　以《苦涩岁月》为题刊《老照片》27 辑，山东画报出版社

2005 年

梅娘致许觉民　北京《传记文学》第 6 期

【 译文 】

1936 年

重逢　　　　　长春《大同报》10 月 15 日，原作者，[日] 不详，译者署名，玲玲

1938 年

生之交响　　　长春《大同报》7 月 21 日，原作者，[日] 福田正夫

1939 年

晴天的雨　　　长春《大同报》10 月 17、21、24、26、28 日，
　　　　　　　原作者，[日] 森田玉原

1940 年

奇妙的故事　　日本《华文大阪每日》5 卷 4 期，原作者，[德]H. 海塞
在满洲所见的孩子（上）　　长春《大同报》9 月 18 日，原作者，[日] 长谷健
日本底延长？　长春《大同报》10 月 23 日，原作者，[日] 小田岳夫
采莓之歌　　　长春《大同报》11 月 13 日，原作者，[俄] 普世庚

天使　　　　　　长春《大同报》11 月 13 日，原作者，[俄] 莱蒙托夫

夜风　　　　　　长春《大同报》11 月 13 日，原作者，[俄] 秋契夫

旷野上的人们（上）　　长春《大同报》11 月 20 日，原作者，[日] 吉屋信子

旷野上的人们（下）　　长春《大同报》11 月 27 日，原作者，[日] 吉屋信子

寄自北满之旅（一）　　长春《大同报》12 月 19 日，原作者，[日] 冈田槙子

寄自北满之旅（二）　　长春《大同报》12 月 25 日，原作者，[日] 冈田槙子

1941 年

歌　　　　　　北京《中国文艺》4 卷 1 期，原作者，[英] 雪莱

波斯童话——幸运的法尔克鲁兹　　　　长春《大同报》3 月 19 日

土耳其童话：美丽的蔷薇公主　　　　长春《大同报》3 月 19、26 日

1942 年

母之青春　　　　北京《民众报》8 月 1 日 -9 月 7 日，原作者，[日] 丹羽文雄

母系家族　　　　北京《妇女杂志》3 卷 11 期—1943 年 4 卷 9 期，
　　　　　　　　原作者，[日] 石川达三

院内雨　　　　　北京《中国文艺》7 卷 4 期，原作者，[日] 饭塚朗

1943 年

桂花　　　　　　北京《华北作家月报》8 期，原作者，[日] 小滨千代子

1944 年

翌年之春　　　京《妇女杂志》5 卷 4 期，原作者，[日]细川武子

哥哥　　　　　北京《妇女杂志》5 卷 5 期，原作者，[日]细川武子

家　　　　　　北京《妇女杂志》5 卷 6 期，原作者，[日]细川武子

女人　　　　　北京《妇女杂志》5 卷 8 期，原作者，[日]细川武子

千人针　　　　北京《妇女杂志》5 卷 9 期，原作者，[日]细川武子

1981 年

名字啊! 名字!　　　香港《大公报》8 月 10 日，译者署名，柳青娘

1982 年

日本文化人的下酒菜　　香港《大公报》7 月 23 日，译者署名，柳青娘

1983 年

"左撇子"种种　　　香港《大公报》11 月 14 日，译者署名，青娘

1984 年

日本的节日佳看　　　　　　　香港《大公报》4 月 20 日，译者署名，柳青娘

喧笑声中　　　　　　　　　　北京《文艺界通讯》12 期，

　　　　　　　　　　　　　　原作者，[日]釜屋修，译者署名，孙加瑞

1987 年

《复仇》和长谷川如是闲以及阿尔志跋绥

　　　　　　　　　　　　　　北京《鲁迅研究动态》2 期，原作者，[日]藤井省三，

　　　　　　　　　　　　　　译者署名，柳青娘

1988 年

为农民读音——《赵树理评传》的第十章

　　　　　　　　　　　　　　太原《批评家》4 卷 2 期，原作者，[日]釜屋修，

　　　　　　　　　　　　　　译者署名，孙加瑞

中国涌现了真正的"新农村"

　　　　　　　　　　　　　　黑龙江《农村展望》5 期，译自《日本现代农业》，

　　　　　　　　　　　　　　译者署名，孙加瑞

1989 年

有朋自远方来——中国点滴

> 长治《赵树理研究》2 期,原作者,[日]伊藤永之介,
> 译者署名,孙加瑞

1992 年

还我作人的权利——福贵的控诉

> 长治《赵树理研究》2 期,原作者,[日]釜屋修,
> 译者署名,孙加瑞

2000 年

伊藤永之介与赵树理——两个农民作家

> 收入《玉米地里的作家——赵树理评传》,
> 原作者,[日]釜屋修

〖 单行本 〗

1936 年

小姐集（短篇创作集）　　长春益智书店，作者署名，敏子

目录：

何序（何霭人）、自序（敏子）、陶娘、邂逅、芳邻、玲玲、秋、暮、天秤、过去的生命、迷惘、海底反应、江风、雨点、春之夜、弄花影、落花、瓶花、初会、信、母亲、我底朋友们

附：《小姐集》英文译本

MEI NIANG'S LONG-LOST FIRST WRITINGS: YOUNG LADY'S COLLECTION, Norman Smith, ROUTLEDGE Tayler & Francis Group, London and New York, 2023.

Contents:

Introduction

1. Fate: Mei Niang and I; 2. The Life and Career of Mei Niang;

3. Introduction to Xiaojie Ji (Young Lady's Collection);

4. Finding Young Lady's Collection.

Translations:

5. Mother Tao; 6. Chance Encounter; 7. The Neighbor; 8. Lingling;

9. Autumn; 10. Twilight; 11. Libra Scales; 12. The Passing of Life;

13. Perplexion; 14. Reaction of the Sea; 15. River Wind;

16. Raindrop; 17. Spring Night; 18. Flowers Play Shadows;

19. Fallen Flowers; 20. Vase Flowers; 21. First Meeting;

22. Letter; 23. Mother; 24. My Friends.

1940 年

第二代（短篇小说集）　　　长春益智书店，作者署名，孙敏子

　　　　　　　　　　　　　目录：

　　　　　　　　　　　　　从小姐集到第二代（山丁）、序（吴瑛）、第二代、六月的夜风、花柳病患者、蓓蓓、最的求诊者、在雨的冲激中、迷茫、时代姑娘、追、傍晚的喜剧、落雁

1943 年

鱼（短篇集）　　　　　　　北京新民印书馆

　　　　　　　　　　　　　目录：

　　　　　　　　　　　　　侏儒、鱼、旅、黄昏之献、雨夜、一个蚌、跋（阿茨）

白鸟（中国故事篇）　　　　北京新民印书馆

风神与花精（中国故事篇）北京新民印书馆

驴子和石头（中国故事篇）北京新民印书馆

1944 年

青姑娘的梦（创作童话篇）	北京新民印书馆
聪明的南陔：上（中国故事篇）	北京新民印书馆
聪明的南陔：下（中国故事篇）	北京新民印书馆
女兵木兰（中国故事篇）	北京新民印书馆
英雄末路（中国故事篇）	北京新民印书馆
少女和猿猴（中国故事篇）	北京新民印书馆
飞狐的故事（中国故事篇）	北京新民印书馆
兰陵女儿（中国故事篇）	北京新民印书馆
蟹（中短篇小说集）	北京武德报社

目录：
行路难、动手术之前、小广告里面的故事、阳春小曲、
春到人间、蟹

1950 年

论殖民地与半殖民地	上海火星出版社，原作者，不详，译者署名，孙嘉瑞

1951 年

表	北京人民美术出版社，原作者，[苏]班台莱耶夫，译者，鲁迅，改编署名，孙敏子

1957 年

尉迟恭单鞭夺槊　　　　北京出版社，作者署名，孙加瑞编写

吴用智取华州　　　　　北京出版社，作者署名，孙加瑞编著

1958 年

格兰特船长的儿女（上）　北京人民美术出版社，

　　　　　　　　　　　原作者：[法]凡尔纳，改编者署名，落霞

1959 年

爱美丽雅　　　　　　　上海人民美术出版社，原作者，[德]莱辛，

　　　　　　　　　　　改编者署名，孙加瑞

格兰特船长的儿女（中）　北京人民美术出版社，

　　　　　　　　　　　原作者，[法]凡尔纳，改编者署名，落霞

格兰特船长的儿女（下）　北京人民美术出版社，

　　　　　　　　　　　原作者，[法]凡尔纳，改编者署名，王嵩

1983 年

茶史漫话　　　　　　　北京农业出版社，

　　　　　　　　　　　原作者，[日]森本司朗，译者署名，孙加瑞

1992 年

南玲北梅：四十年代最受读者喜爱的女作家作品选

刘小沁编，深圳海天出版社

目录：

蟹、夜合花开

1997 年

梅娘小说散文集　　张泉选编，北京出版社

目录：

序（张中行）；

第一辑小说：傍晚的喜剧、蚌、鱼、蟹、侏儒、黄昏之献、阳春小曲、春到人间、旅、雨夜、小广告里的故事、动手术之前、行路难、小妇人（双燕篇、夜行篇、姐弟篇、西风篇、白雪篇、异国篇、话旧篇）、夜合花开；

第二辑散文：我没看见过娘的笑脸、为什么写散文、佛像画册与松本妈妈——喜读《戴草签的地藏菩萨》、草原记行、云南之旅、春城游、留得春意在、选择、正定怀古、迎春新意、人家尽枕河、赵树理与我、"打边炉"、写在《鱼》原版重印之时、远山博士的遐想、一段往事——回忆赵树理、霜叶红于二月花、"知音"寄语、绿的遐想、寒夜的一缕微光——《小姐集》刊行 52 年、祭宋星五先生兼作选集记、长春忆旧、纪念田琳、情到深处、我与张爱玲、萧红笔下的女人；

附录：梅娘：她的史境和她的作品（张泉）

1998 年

寻找梅娘　　　　张泉主编，香港明镜出版社

目录：

第四部分：梅娘自述：我的青少年时期（1920-1938）、写在《鱼》原版重印之时、寒夜的一缕微光、我与日本；

第五部分：梅娘小说：傍晚的喜剧、蚌、鱼、侨民、蟹、侏儒、黄昏之献、阳春小曲、春到人间、旅、雨夜、小广告里的故事、行路难；

第六部分：梅娘散文：为什么写散文、佛象画册与松本妈妈——喜读《戴草笠的地藏菩萨》、正定怀古、人家尽枕河、远山博士的遐想、长春忆旧、纪念田琳、情到深处、夫人的宽容、我与张爱玲、萧红笔下的女人

梅娘代表作　　　范智红编选，北京华夏出版社

目录：

中短篇小说：侏儒、鱼、旅、黄昏之献、雨夜、阳春小曲、动手术之前、小广告里面的故事、行路难、一个蚌、春到人间、蟹；

长篇小说：夜合花开；

附录：梅娘小传（范智红）、梅娘主要著译书目（范志红）

1999 年

梅娘小说·黄昏之献　司敬雪编选，上海古籍出版社

目录：

序言（柯灵）、编选说明（陈子善）、曾经怒放过的蔷薇（司敬雪）、花柳病患者、在雨的冲激中、鱼、蟹、侏儒、黄昏之献、阳春小曲、旅、小广告里的故事、行路难

2000 年

大作家与小画家　　　　香港日月出版公司 2000 年，大作家署名，梅娘

玉米地里的作家——赵树理评传

　　　　　　　　　　山西北岳出版社，原作者，[日] 釜屋修

2002 年

梅娘——学生阅读经典　　江啸声选编，上海文汇出版社

　　　　　　　　　　目录：

　　　　　　　　　　序言：未曾忘记的 (柳青)；

　　　　　　　　　　上编 (小说 6 篇)：傍晚的喜剧、蚌、鱼 (附：写在《鱼》原版重印之时)、侨民、蟹、行路难；

　　　　　　　　　　下编 (散文 12 篇)：为什么写散文、佛像画册与松本妈妈——喜读《戴草笠的地藏菩萨》、人家尽枕河、远山博士的遐想、长春忆旧、我与日本、情到深处、我与张爱玲、萧红笔下的女人、我的青少年时期、我的大学生活、在温哥华的沃土；

　　　　　　　　　　附：一个女作家的一生 (陈放)

又见梅娘　　　　　　陈晓帆编选，北京人民文学出版社

　　　　　　　　　　目录：

　　　　　　　　　　附录一：写在《鱼》原版重印之时、我与日本、我的青少年时期（1920—1938）、我的大学生活；

　　　　　　　　　　附录二：大作家与小画家的通信

2005 年

梅娘近作及书简　　侯建飞编，北京同心出版社

目录：

代序：评说梅娘（［加拿大］司密斯）；

第一辑生命流程（13 篇）：长春忆旧、松花江的哺育、我的大学生活、我与日本、对白云、妈妈的感谢、与女儿相处、记忆断片、往事、我忘记了，我是女人、回应、三个二十七的轮回、一封未寄出的信；

第二辑工作留踪（14 篇）：新美人计、宫廷贡品走向平民、八百年的蘑菇新一代、爱情的千古见证、红松林的故事、十座贞节碑、雾、草原纪行、春城游、迎春新意、"知音"寄语、绿的遐想、愿望、云南之旅；

第三辑生活随想（18 篇）：花一样的篝火、玫瑰的启示、留得春意在、正定怀古、一架画屏风、人家尽枕河、远方的思念、情到深处、啊，女人、小桥流水人家、牙行博士、听歌小记、灵魂的蹭蹬、多么好的一场独舞、我的"女权主义"、振聋发聩、索拉的笑容、芥川龙之介的寓言《金蛛之丝》；

第四辑往事依依（15 篇）：寒夜的一缕微光、回忆赵树理、赵树理与我、两个女人和一份妇女杂志、萧红笔下的女人、一代故人（附："一代故人"的回声）、纪念田琳、我与张爱玲、北梅说给南玲的话、诗人与我、音在弦外、《赏花·读书》、遥致友人、我与日本文学、《博览群书》与我这一代；

第五辑书信存真（88 通）：《致丁景唐、丁言昭信三十一通》、致惠沛林信十通、致朱堃华信二通、致友人信一通、《致邢小群、丁东信一通》、致张莉信一通、致王瑞起信一通、致黄芷渊信一通、致刘瑞虎信一通、致成幼殊信二通、致高红十信一通、致刘小沁信一通、致釜屋修信一通、《致张泉、林榕信二通》、致罗钰俉信一通、致韦泱信一通、致刘洁信二通、致岸阳子信一通、致秦玉兰信一通、《致柳青、柳如眉信十九通》《致侯健飞、刘海燕信六通》、致李宗凌信一通；

附录：对《侨民》的评说（［日］岸阳子）、不同语境下的"南玲"与"北梅"（刘洁）、爱读梅娘的信（韦泱）

2011 年

邂逅相遇：梅娘、芷渊、茵渊书扎　　北京人民文学出版社

2012 年

与青春同行：梅娘与芷渊、茵渊通信集　　香港天地图书有限公司

2014 年

梅娘：怀人与纪事　张泉编，北京中央广播电视大学出版社

目录：

代序 1：孙姨和梅娘（史铁生）、代序 2：一个时代的代表作家谢幕（张泉）；

第一辑：我没有见过娘的笑脸、花一样的篝火、电在我的故乡、松花江的哺育、长春忆旧、《寒夜的一缕微光——〈小姐集〉刊行 52 年，祭宋星五先生兼作选集记》、纪念田琳、我与日本、我的青少年时期（1920—1938）、我的大学生活、佛像画册与松本妈妈——喜读《戴草笠的地藏菩萨》、我与日本文学、往事如烟——妇女杂志的记者生涯、几句话、复小姐姐、随想·小传；

第二辑：小女儿的一条守则、妈妈的感谢、与女儿相处、往事依依、一段往事——回忆赵树理同志、梅娘致许觉民书札、我与赵树理、记忆断片、关于《三角帽子》、苦涩岁月、往事、致周上分信、《企盼、渴望》、音在弦外——在《我家》出版座谈会上的发言、关于《茶史漫话》、写在《鱼》原版重印之时、人间事哪能这么简单、一代故人、《博览群书》与我、我忘记了，我是女人、三个二十七的轮回、远方的思念、怅望云天、一封未寄出的信、致孙屏的信、为什么写散文、一枚纪念章、真情不泯、在温哥华的沃土、我的答案、梅娘赘语——序《故乡有约》、致岸阳子的一封信、读金庸、致学勇的信、我是一只草萤；

附录，附录 1：未曾忘记的（柳青）、附录 2：读书笔记——南玲北梅（［日］藤井省三）、附录 3：《梅娘小说散文集》序（张中行）、写在《鱼》重印的时候（阿茨）；代跋：关于口述史以及"口述史"的阅读（张泉）

2016 年

梅娘散文：我是一只草萤

侯健飞编，浙江文艺出版社

目录：

人生坎坷：长春忆旧、松花江的哺育、我的大学生活、我与日本、记忆断片、往事、回应、三个二十七的轮回；

生活随感：花一样的篝火、与女儿相处、玫瑰的启示、留得春意在、正定怀古、一架画屏风人家尽枕河、远方的思念、情到深处、为什么写散文、我是一只草萤、小桥流水人家、牙行博士、多么好的一场独舞；

江山如画：红松林的故事、雾、草原纪行、春城游、绿的遐想、云南之旅；

女性心声：我忘记了，我是女人、一封未寄出的信、啊，女人、萧红笔下的女人、北梅说给南玲的话、听歌小记、我的"女权主义"、索拉的笑容；

故人往事：寒夜的一缕微光、回忆赵树理、赵树理与我、两个女人和一份妇女杂志、纪念田琳、音在弦外、我与日本文学、《博览群书》与我这一代；

书简传情：致丁景唐、丁言昭信（选五）、致惠沛林信（选二）、致朱垄华信（选一）、致张莉信、致黄芷渊信、致刘瑞虎信、致成幼殊信（选一）、致釜屋修信、致岸阳子信、致柳青、柳如眉信（选六）、致侯健飞、刘海燕信（选二）；

附录：《梅娘小说散文集》序（张中行）

2017 年

梅娘作品集 ………… 张泉编，哈尔滨：北方文艺出版社

目录：

导言：梅娘"满洲国"时期的文学创作（张泉）；

小说：花柳病患者、在雨的冲激中、傍晚的喜剧、侨民、鱼、蟹、侏儒、黄昏之献、春到人间、阳春小曲、一个蚌；

散文：煤油灯、献、译记（《白兰之歌》）、几句话；

诗歌：世间、慈爱的满洲大地、如今梦都是迟重的；

译作：重逢、歌、夜风；

附录：梅娘伪满洲国时期作品目录初编（张泉）

2019 年

编铭记的事物一概来自长春——梅娘八十载写作生涯文选

张泉选编，长春出版社

目录：

辑一小说：母亲、妈回来的时候、在雨的冲激中、傍晚的喜剧、侨民、鱼、侏儒、女难、春到人间、动手术之前、黎明的喜剧、春天、我的青少年时期 (1920-1938)；

辑二散文：花弄影、童年、煤油灯、一次又一次（吊雪笠！）、拜伦的一生、我没看见过娘的笑脸、爱哭的小荫梅、扫街的老爷爷、暴风雨中的小故事、我的女儿怎样拍电影、写在《鱼》原版重印之时、一段往事——回忆赵树理、松花江的哺育、寒夜的一缕微光——《小姐集》刊行 52 年，祭宋星五先生兼作选集记、长春忆旧、纪念田琳、肖红笔下的女人、为什么写散文、赵树理与我、我忘记了，我是女人、两个女人和一份妇女杂志、一代故人、赏花·读书、读金庸、诗人与我、往事依依、索拉的笑容、一封未寄出的信、梅娘自述、梅娘致许觉民书札、梅娘赘语——序《故乡有约》、关于《三角帽子》、关于《茶史漫话》；

辑三诗歌：世间、秋花、秋思、慈爱的满洲大地、如今梦都是迟重的、第十三片绿叶

【 未刊稿 】

1. 小说

芦苇依依（中篇小说）

2. 散文

从家开始叙述我自己	1988 年 4 月 3 日清明
秀才的苍白	1998 年 3 月 21 日
叩问	2002 年 8 月
北美南部之旅（一）	2004 年 12 月
初识巴哈马人（二）	2004 年 12 月
我的饰物观	2005 年 9 月
值得祝贺	2006 年 6 月
长相忆	2007 年 1 月
落天涯	2008 年 6 月
电影《色·戒》要说什么	2008 年 8 月
电话作为线人	2008 年 11 月
命运?	2009 年 9 月
我在"文革"中	2012 年 8 月
住房变奏曲（时间不详）	

3. 翻译

泥泞半生记——乙羽信子自传　　1998 年

4. 其他

梅娘自撰简历　　　　　　　1992 年 12 月

梅娘研究索引

庄培蓉　彭雨新　朴丽花　张泉 编

一、评论集

寻找梅娘

　　张 泉主编 香港：明镜出版社 1998 年 6 月

又见梅娘

　　史铁生等著、陈晓帆编选 北京：人民文学出版社
2002 年 2 月；2014 年 5 月

再见梅娘

　　柳 青、侯健飞编 北京：人民文学出版社 2014 年 5 月

忽值山河改：战时下的文化触变与异质文化中间人的见证叙事（1931~1945）

　　陈 言著 北京：中央编译出版社 2016 年 1 月

"野地"里的呐喊——梅娘作品研究

　　向叶平著 合肥：合肥工业大学出版社 2022 年 3 月

二、评论文章

1936 年

何序（何霭人）　　　　　　梅娘《小姐集》

1937 年

读了小姐集（一）（二）　　菊子，大同报（文艺副刊），1 月 20、21 日
评《小姐集》　　　　　　　寒畯（石军），满洲报·文艺专刊，6 月 25 日
关于《评小姐集》　　　　　寒丁，满洲报·文艺专刊，7 月 9 日

1939 年

写在刊载《白兰之歌》的前面　大同报，11 月 23 日
六甲山下访梅娘——赴日视察别纪之一

　　　　　　　　　　　　　坚矢（弓文才），大同报，12 月 19 日

1940 年

读小姐集　　　　　　　　　陈堤，大同报（文艺副刊），3 月 17 日
文艺丛刊第三集《第二代》　负梓，满洲文化会通信，32 期
梅娘女士《第二代》　　　　负梓，满洲文化会通信，33 期
序，吴瑛，孙敏子著《第二代》　益智书店，10 月
关于梅娘的创作：从"小姐集"到"第二代"

　　　　　　　　　　　　　山丁，华文大阪每日，5 卷 10 期
《第二代》问世　　　　　　满洲文化会通信，40 期
第二代（书评）　　　　　　枕，盛京时报，12 月 17 日
关于《第二代》（十一月文艺放谈）　大同报，12 月 18 日
文化动态：　　　　　　　　出版界，克天辑，新满洲，2 卷 12 期

1941 年

回顾 1940 年满系文坛（三）	吴郎，大同报，1 月 8 日
《第二代》论	韩护，大同报，1 月 14、15 日
煞有介事的《第二代》	霭人，大同报，2 月 16、18、19 日
评《第二代》	时秀文，妇女杂志，2 卷 35 期

1942 年

梅娘的三部曲	盛京时报（文学），6 月 10 日
古城的收获——对几个新进作家作品之综合的评介	
	吴楼，国民杂志，2 卷 1 期
梅娘简历（本刊基本青年作家）	铁笙，中国文艺，5 卷 5 期
梅娘介绍	国民杂志，2 卷 4 期
《四月文艺》读后杂感	方英，国民杂志，2 卷 5 期

1943 年

华北文艺座谈会：梅娘氏	华文每日，10 卷 6 期
跋，阿茨，鱼	6 月
会员出版介绍 梅娘作：白鸟	华北作家月报，6 期
邮政人寿保险座谈会：孙敏子女士	妇女杂志，4 卷 7 期
书报介绍：鱼，梅娘作短篇小说集	中国文艺，8 卷 6 期

1944 年

《鱼》（书评）	马博良，新地丛刊，1 期
华北作家协会推荐作品：行路难 梅娘	妇女杂志，5 卷 2 期
满洲女性文学的人与作品	吴瑛，青年文化，2 卷 5 期
本刊主办中日女性座谈会：梅娘小姐	妇女杂志，5 卷 8 期
《第二代》评介	方齐，国民杂志，4 卷 9 期
北方的作家（1）	山丁，黎明的喜剧，11 月
作家素描六题	王敦庆，杂志，14 卷 3 期

1945 年

梅娘氏奖金	中华周报，2 卷 15 期
梅娘氏奖金 短篇小说征文结果发表	中华周报，2 卷 24 期

1946 年

东北女性文学十四年史	林里，东北文学，1 卷 4 期
读书随感（"贝壳"袁犀著"鱼"梅娘著）	徐仍，东北文学，1 卷 5 期
北方的红牌女作家，梅娘遭人检举	北雁，东南风，17 期
尹梅伯并非梅娘	二文，海风（上海 1945），22 期
梅娘在长春被捕	中外影讯，7 卷 40 期
东北被捕之女奸梅娘	凤尊，新上海，45 期

1954 年

文艺作品中的月亮　　　　　王宗余，新民报晚刊，1 月 5 日

1957 年

钻进农业部门的文化汉奸、右派分子孙加瑞

　　　　　　　　　　　　农业电影社通讯小组，中国农报，23 期

1980 年

梅娘　　　　　　　　　　　刘心皇，抗战时期沦陷区文学史，成文出版社

1984 年

梅娘　　　　　　　　　　　黑龙江社会科学院文学研究所，
　　　　　　　　　　　　　东北现代文学史料，第 9 辑

1985 年

梅娘简介

　　　　　　　　　　　　梁山丁编《长夜萤火——女作家小说选集》，
　　　　　　　　　　　　春风文艺出版社

华北沦陷区文学概观　　　　鲁海，抗战文艺研究，3 期

1987 年

沉郁的现实感 雄健的审美感——论东北沦陷时期女性文学的特色
    黄万华，抗战文艺研究，1 期
一个女作家的一生   陈放，追求，3 期
评《长夜萤火》   张毓茂，抗战文艺研究，4 期
"超然派"的足迹——梅娘小说创作漫评
    胡凌芝，梁山丁等主编《东北文学研究史料》第 5 辑，
    哈尔滨文学院
春天，复明的萤火——评沦陷时期女作家选《长夜萤火》
    于铁，梁山丁等主编《东北文学研究史料》第 5 辑，
    哈尔滨文学院
划破"王道乐土"夜幕——评价《长夜萤火》
    郎享伯，梁山丁等主编《东北文学研究史料》第 5 辑，
    哈尔滨文学院

1989 年

南玲北梅   盛英，文艺报，1 月 4 日
女作家梅娘   金大力，世界日报（纽约），6 月 15 日
梅娘   徐迺翔主编《中国现代文学词典 第 1 卷 小说卷》，
    广西人民出版社

1990 年

桑榆非晚　　　　　　　徐晓，团结报，12 月 22 日

1991 年

多元探索与袁犀、梅娘、关永吉

　　　　　　　　　　　杨义著《中国现代小说史 第 3 卷》，人民文学出版社

1992 年

梅娘小记　　　　　　　萧沙，长春晚报，1 月 21 日
梅娘和她的小说

　　　　　　　　　　　盛英，刘小沁编《南玲北梅——四十年代最受读者
　　　　　　　　　　　喜爱的女作家作品选》，海天出版社
壮心猛志话梅娘　　　　上官缨，吉林日报，6 月 27 日
印象中的梅娘　　　　　上官缨，小说月刊，11 期

1993 年

梅娘论	徐迺翔，中国现代文学研究丛刊，1 期
梅娘	陈玉堂编著《中国近现代人物名号大辞典》，浙江古籍出版社
读书笔记——《南玲北梅》	[日] 藤井省三，读书界（日本），6 期
读梅娘的《蟹》	王德威，联合文学（台湾），第 105 期
"南玲北梅"说梅娘	盛英，联合文学（台湾），第 105 期
梅花香自苦寒来——记著名女作家梅娘	曹丽薇，芒种，9 期
梅花香到老——女作家梅娘近况	阿一，星光月刊，总第 5 期

1994 年

中国文学鳞爪——关于梅娘	[日] 釜屋修，季刊中国（日本），春季号
梅娘——刚柔相济的独特女性视角	张泉著《沦陷时期北京文学八年》，中国和平出版社
流沙淹没了珍珠——梅娘沉寂五十年复出	[加拿大] 青谷，中时周刊（美国），12 月

1995 年

沦陷区的一位作家——梅娘	张欣，联合文学（台湾），127 期
梅娘	盛英主编《二十世纪中国女性文学史 上》，天津人民出版社
雷妍、梅娘等女作家的小说	徐迺翔、黄万华著《中国抗战时期沦陷区文学史》，福建教育出版社

1996 年

沦陷区女作家——梅娘传略　陈宏，牡丹江师范学院学报，3 期

"南玲北梅"的"梅"　　　董大中，文汇读书周报，6 月 1 日

长夜萤辉话梅娘　　　　　东平，中华儿女，6 期

我所知道的梅娘　　　　　上官缨，作家，9 期

梅娘　　　　　　　　　　一位具有传奇色彩的女作家，张泉，
　　　　　　　　　　　　　妇女之友，9 期

1997 年

梅娘：她的史境和她的作品世界　　张泉，首都师范大学学报，2 期

探访梅娘　　　　　　　　　　　　杨颖，中华读书报，4 月 2 日

梅娘：半个世纪后的报道（私人照相簿）傅西，街道，4 期

"南玲"已经读过，"北梅"如今来了——介绍《梅娘小说散文集》，
　　　　　　　　　　　　　　　　北搂，北京书讯，9 月 10 日

今天的梅娘　　　　　　　　　　　杨颖，现代家庭，9 期

序　　　　　　　　　　　　　　　张中行，张泉选编《梅娘小说散文集》
　　　　　　　　　　　　　　　　北京出版社

一条富有生命力的河——读《梅娘小说散文集》
　　　　　　　　　　　　　　　　侯宇燕，中国图书商报，11 月 28 日

梅娘和她的作品　　　　　　　　　文汇读书周报，12 月 13 日

梅娘：不是咏梅胜咏梅　　　　　　郭道义，中华英才，24 期

1998 年

华北沦陷区文学研究中的史实辨正问题

　　　　　　　　　　　　　张泉，中国现代文学研究丛刊，1 期

梅娘著作两种出版　　　　　闻迅，文艺动态，1 期

女性关怀与男性批判——梅娘小说创作论（上）

　　　　　　　　　　　　　刘爱华，丹东师专学报，3 期

梅娘小说散文选集　　　　　赵龙江，博览群书，4 期

再读梅娘　　　　　　　　　扬良志，北京日报，5 月 20 日

人间事哪能这么简单　　　　邢小群，书屋，6 期

梅娘著作目录初编　　　　　张泉，寻找梅娘

未完结的话题：沦陷区文学的政治评价　　　　张泉，寻找梅娘

梅娘小传

　　　　　　　　　　　　　范智红编选、中国现代文学馆编《梅娘代表作》，
　　　　　　　　　　　　　华夏出版社

梅娘主要著译书目

　　　　　　　　　　　　　范智红编选、中国现代文学馆编《梅娘代表作》，
　　　　　　　　　　　　　华夏出版社

梅娘：不向厄运低头的一代才女

　　　　　　　　　　　　　刘东平，中国老年杂志，11 期

1999 年

被遗忘的女作家梅娘　　　　　葛宁，北京工人报，1 月 14 日

梅娘小说的文化主题　　　　　刘爱华，东北师大学报（哲学社会科学版），1 期

梅娘　　　　　　　　　　　　王立言等主编，小说通典，解放军文艺出版社

被遗忘半个世纪的女作家　　　金汕，中国信息报，2 月 12 日

"南张北梅"话梅娘　　　　　京友，合肥晚报，2 月 15-21 日

女性关怀与男性批判——梅娘小说创作论（下）

　　　　　　　　　　　　　　刘爱华，丹东师专学报，3 期

沦陷区的"南玲北梅"

　　　　　　　　　　　　　　朱德发主编《中国现代文学史实用教程》，

　　　　　　　　　　　　　　齐鲁书社，8 月

曾经怒放过的蔷薇

　　　　　　　　　　　　　　司敬雪，司敬雪编选《梅娘小说·黄昏之献》，

　　　　　　　　　　　　　　上海古籍出版社

梅娘的悲天悯人之怀与冲突着的两性世界

　　　　　　　　　　　　　　孙中田等著《镣铐下的缪斯 东北沦陷区文学史纲》，

　　　　　　　　　　　　　　吉林大学出版社

2000 年

梅娘著译年表	范宇娟，新文学史料，1 期
不凡的才情，苦难的家庭：一个被遗忘的女作家	
	金汕，文史春秋，1 期
四十年代女性文学"三人行"：张爱玲，苏青，梅娘创作比较谈，	
	张萍萍，东岳论丛，4 期
华北沦陷时期の梅娘と日本	张泉作、杉野元子译，杉野要吉编著《沦陷下北京： 交争する中国文学と日本文学》，三元社
走近梅娘	文汇读书周报，6 月 24 日
又见梅娘	邢小群，北京青年报，6 月 24 日
一生低首是梅娘	陈少华，当代文艺（香港），总第 191 期
走近梅娘	闻敏，人物杂志，6 期
走近梅娘	韩文敏，人物，6 期
梅娘	周家珍编著《20 世纪中华人物名字号辞典》， 法律出版社
梅娘啊，梅娘	舒敏，人之初，7 期
梅娘和遇罗克	丁东，文汇读书周报，8 月 5 日
女性作家孙嘉瑞周四卑大演讲（消息）	
	世界日报（台北 北美版），10 月 24 日
序	董大中，[日]釜屋修著、梅娘译《玉米地里的作家 赵树理评传》，北岳文艺出版社
论梅娘的短篇小说《侨民》	[日]岸阳子，中国文学研究（日本），26 期

2001 年

"一代故人"的回声	[加拿大] Norman Smith，博览群书，1 期
《玉米地里的作家》（书介）	烈山，南方周末，2 月 22 日
有感于梅娘进入文学史	赵勇，现当代文学文摘卡，2 期
历经坎坷、不为人所知的梅娘老人徐徐进入现代文学史	
	尚晓岚，北京青年报，3 月 13 日
妈妈不肯过生日	柳青，文汇报，3 月 17 日
梅娘与北京时期的赵树理	张泉，当代北京史研究，3 期
留下的只有尊严	王力雄，天涯，4 期
孙姨和梅娘	史铁生，北京青年报，5 月 22 日
五十年思念的偿还——梅娘译《赵树理评传》	
	张泉，博览群书，5 期
被历史误认和遗忘的梅娘	陈仪、长城，女士，8 期
梅娘	黄殿琴著《你不要从我面前走过 黄殿琴采访手记》中国社会科学出版社
梅娘	唐文一等编著《20 世纪中国文学图典》，四川人民出版社
梅娘小说	周成华主编《现代文学观止》，吉林大学出版社
著名作家梅娘应邀访本报	夏平，环球华报（温哥华），11 月 3 日

2002 年

梅娘在三十年代及四十年代初的文学活动

　　　　　　　　　　　徐融编著《毕业论文写作（文科类）》，
　　　　　　　　　　　中国商业出版社

又见梅娘　　　　　　　岳洪治，中华读书报，6 月 5 日

梅娘与她的文学人生　　李淑敏，婚育，6 期

沦陷区：不相宜中的"适逢其时"

　　　　　　　　　　　乐铄著《中国现代女性创作及其社会性别》，
　　　　　　　　　　　郑州大学出版社

走近梅娘　　　　　　　宋刚，山东文学，8 期

大作家与小人书　　　　韦泱，旧书信息报，12 月 30 日

2003 年

梅娘小说创作论　　　　时翠萍，淮海工学院学报（人文社会科学版），2 期
"南玲北梅"：梅娘与张爱玲小说比较论

　　　　　　　　　　　董俊，南京师大学报（社会科学版），2 期

梅娘送我一张老照片　　丁言昭，绿土，61 期

不同语境下的"南玲"与"北梅"——试比较张爱玲、梅娘的文学创作，

　　　　　　　　　　　阿洁，甘肃高师学报，4 期

清醒的寂寞：梅娘作品解读　刘东玲，今日文坛，夏

梅娘小说与苏青散文，谢筠主编《中国现代文学史教程》

　　　　　　　　　　　北京广播学院出版社

女作家梅娘与连环画　　韦泱国，解放日报，10 月 27 日

抒张个性 追求自由——梅娘水族系列小说中女性形象

　　　　　　　　　　　王艳荣，学问，12 期

2004 年

青空悠悠，时序袅袅——记梅娘　　　　传记文学，1 期

论梅娘的知识女性小说　　　　董俊，淮阴师范学院学报，1 期

"南张北梅"之梅娘　　　　阿森，传记文学，1 期

梅娘《夜合花开》　　　　汤哲声著《流行百年 中国流行小说经典》，
　　　　文化艺术出版社

梅娘小说创作论　　　　时翠萍，淮海工学院学报：人文社科版，2 期

人在边缘：梅娘的人生和创作　　　　屈雅红，百花洲，3 期

论梅娘小说的女性意识　　　　孙萍萍，渭南师范学院学报，3 期

被遗忘的与张爱玲齐名的女作家——梅娘　　　　张宁，蓝盾，5 期

女性关怀与女性批判——梅娘水族系列小说解读
　　　　褚洪敏，济宁师范专科学校学报，5 期

那条备受凌辱的老路——梅娘小说的女性意识
　　　　刘爱华著《孤独的舞蹈 东北沦陷时期女性作家群体
　　　　小说论》，北方妇女儿童出版社

尴尬的文化主题——梅娘小说的文化意蕴
　　　　刘爱华著《孤独的舞蹈 东北沦陷时期女性作家群体
　　　　小说论》，北方妇女儿童出版社

梅娘《鱼》　　　　刘祥安主编《中国现代文学作品导引第一卷：
　　　　1917-2000》，高等教育出版社

梅娘：坎坷的一生　　　　张红萍著，女人，做自己，九州出版社

梅娘：蒙难结业四十载　　　　桃李，北京纪事，11 期

周作人与梅娘——抗战胜利后一个颇具戏剧性的插曲　　　　陈言，博览群书，12 期

2005 年

历史重建中的迷失——梅娘作品修改研究

　　　　　　　　　　赵月华，中国现代文学研究丛刊，1 期

梅娘小说的女性视角　　　陆芸，湖州职业技术学院学报，1 期

"南玲北梅"女性意识比较　李果，郑州轻工业学院学报（社会科学版），1 期

人性的呼唤——梅娘小说的人道主义及女性意识

　　　　　　　　　　张艺芬，沙洋师范高等专科学校学报，1 期

论梅娘的女性意识　　　　杨亚林，黄冈师范学院学报，1 期

我和梅娘奶奶　　　　　　黄芷渊，新读写，1 期

现代文坛的传奇人物梅娘　孔希仲，齐鲁晚报，2 月 26 日

梅娘研究述评　　　　　　王慧灵，邵阳学院学报（社会科学版），2 期

梅娘　　　　　　　　　　白保健，东京文学，3 期

南北沦陷区的两朵艺苑奇葩——梅娘、张爱玲比较论

　　　　　　　　　　卢云峰，辽宁广播电视大学学报，3 期

女儿身世太凄凉　　　　　谷林，淡墨痕，长沙岳麓书社

文如其人——梅娘创作风格浅论

　　　　　　　　　　詹丽，长春工业大学学报（社会科学版），4 期

论梅娘小说的"复调"艺术——以《动手术之前》和《旅》为例

　　　　　　　　　　屈雅红，苏州大学学报，5 期

人文关怀的倾注和女性意识的张扬——谈梅娘小说女性形象的塑造

　　　　　　　　　　周伟华，语文学刊，5 期

梅娘：鼎贵家庭背景与平民女权视角

　　　　　　　　　　张泉，抗战时期的华北文学，贵州教育出版社

梅娘 不想再成为时尚　　　　　　　　黄哲，华商报，8 月 31 日

评说梅娘　　　　　　　　（加拿大）司密斯，梅娘近作及书简，北京同心出版社

85 岁梅娘犹有暗香来——昔日齐名张爱玲 近日笔耕仍不辍

　　　　　　　　　　　　　　　　纽约美洲时报，9 月 2 日

梅娘：八十五年的坚韧歌唱　　　　　宋广辉，中国青年报，9 月 19 日

有感于"热了张爱玲，冷了梅娘"　　解玺璋，北京晚报，10 月 13 日

"我忘记了，我是女人"　　　　　　所思，北京青年报，11 月 3 日

梅娘评说张爱玲　　　　　　　　　　荣挺进，中华读书报，11 月 11 日

偶见梅娘　　　　　　　　　　　　　石湾，人民政协报，11 月 14 日

论梅娘的知识女性小说　　　　　　　陆芸，文学教育，11 期

暗香浮动月黄昏——记梅娘、幼殊与景玉公交往

　　　　　　　　　　　　　　　　秦玉兰，读者导报，12 月 2 日

爱读梅娘的信　　　　　　　　　　　韦泱，读者导报，12 月 2 日

关于"南玲北梅"　　　　　　　　　止庵，中华读书报，11 月 30 日

认识梅娘　　　　　　　　　　　　　李相，北京晚报，12 月 29 日

梅娘："子君"灵魂的背负者　　　　屈雅红，她叙事 现代女作家论，
　　　　　　　　　　　　　　　　　北京中国文联出版社

三重语境下的梅娘　　　　　　　　　雷颐，中国新闻周刊，32 期

2006 年

梅花香自苦寒来——记作家梅娘　　　　　桑农，藏书报，1 月 2 日

梅娘：我的中学老师　　　　　　　　　　爱新觉罗·恒准，北京晚报，1 月 12 日

梅娘的回忆可信吗？　　　　　　　　　　郝啸野，中华读书报，1 月 18 日

一脉心声，不成故事的散华片玉——梅娘散文论

　　　　　　　　　　　　　　　　　　　王建湘，湖南人文科技学院学报，1 期

论梅娘小说的永恒追求视界　　　　　　　李长虹，吉林农业科技学院学报，1 期

论梅娘的小说创作　　　　　　　　　　　李长虹，齐鲁学刊，2 期

论 20 世纪 40 年代梅娘的小说创作　　　刘翌，

　　　　　　　　　　　西北大学学报（哲学社会科学版），2 期

梅娘小说简论　　　　　　　　　　　　　包学菊，吉林华桥外国语学院学报，2 期

论梅娘的小说创作　　　　　　　　　　　李长虹，齐鲁学刊，2 期

从"南玲北梅"说起（文艺点评）　　　　刘琼，人民日报，3 月 17 日

梅娘的"水族三部曲"　　　　　　　　　侯健飞，畅销书摘，3 期

文选文丛派的创作（山丁、秋萤、袁犀、梅娘）

　　　　　　　　　　　　　　　　　　　黄万华，中国现当代文学　第一卷

　　　　　　　　　　　五四 -1960 年代，山东文艺出版社

"南玲北梅"辨析　　　　　　　　　　　张泉，读书周报，4 月 3 日

感悟梅娘　　　　　　　　　　　　　　　朱旭晨，书屋，4 期

梅娘的故家与中学时代　　　　　　　　　孙中田，作家，4 期

女性关怀与男性中心主义批判——论梅娘小说的女性意识

　　　　　　　　　　　　　　　　　　　向叶平，池州师专学报，4 期

谈梅娘小说创作的艺术成就　　　　　　杨晓莉，大连民族学院学报，4 期

梅娘与其执著的女性书写　　　　　　　卢云峰著，中国现代女性文学专题研究，
　　　　　　　　　　　　　　　　　　辽宁大学出版社

写给张爱玲的信徒们　　　　　　　　　殷实，中国图书商报，5 月 9 日

论梅娘小说的女性意识　　　　　　　　屈雅红，小说评论，5 期

从梅娘小说管窥梅娘的生态女权主义意识

　　　　　　　　　　　　　　　　　　彭静，语文学刊，5 期

重拾一枝旧梅——论梅娘小说之"子君式"的苦闷情怀

　　　　　　　　　　　　　　　　　　张雯虹，山东文学，6 期

致北京梅娘　　　　　　　　　　　　　自牧，淡庐书简 2005，青海人民出版社

张爱玲与梅娘　　　　　　　　　　　　谢筠主，简明中国现代文学史，
　　　　　　　　　　　　　　　　　　中国传媒大学出版社

从梅娘小说管窥梅娘的生态女权主义意识　　　彭静，语文学刊，9 期

论梅娘水族系列小说中的女性关怀　　　张锦莉，现代语文（文学研究版），10 期

传记的阙失：梅娘　　　　　　　　　　朱旭晨，秋水斜阳芳菲度：中国现代女作
　　　　　　　　　　　　　　　　　　家传记研究　北京人民日报出版社

试论梅娘小说对女性命运的关注　　　　杨晓莉，甘肃教育，13 期

2007 年

也说"南玲北梅"——兼谈如何看待"口述历史"

　　　　　　　　　　　　张泉，中文自学指导，1 期

论梅娘的女性话语写作　　　　卢芳，辽宁师专学报（社会科学版），1 期

梅娘散文简论，刘涵华，当代文坛，2 期

浅谈梅娘小说创作的语言风格　　杨晓莉，白城师范学院学报，2 期

论梅娘小说中对传统"妻性"的重新阐释　　　　张雯虹，山东文学，2 期

梅娘散文简论　　　　　　　　刘涵华，当代文坛，2 期

潜沉在海底的水族——从梅娘小说看沦陷区的女性写作

　　　　　　　　　　　　陈洪英，涪陵师范学院学报，3 期

另外一部《白兰之歌》——浅析梅娘的翻译作品

　　　　　　　　　　　　[日]岸阳子作、赵晖译，抗日战争时期沦陷区
　　　　　　　　　　　　史料与研究第 1 辑，南昌百花洲文艺出版社

梅娘笔下的东北沦陷区社会生活　杨晓莉，大连海事大学学报（社会科学版），
　　　　　　　　　　　　4 期

论梅娘的小说创作　　　　　　龙永干，怀化学院学报，4 期

黑土地女性自由与尊严的呼唤——萧红与梅娘的女性意识比较

　　　　　　　　　　　　张子君，乐山师范学院学报，4 期

非常女性的非常研究——诺尔曼·司密斯和他的东北女作家世界

　　　　　　　　　　　　高菲，吉林日报，5 月 23 日

论梅娘的女性意识和民族意识　包薇，前沿，5 期

论梅娘小说对女性解放道路的探寻　张雯虹，时代文学（理论学术版），5 期

梅娘致许觉民书札　　　　　　观雪斋，传记文学，6 期

给梅娘的信　　　　　　　　　　　　　应锦襄，厦门文学，7 期

《雨夜》中的弗洛伊德精神分析理论　　孙月，安徽文学（下半月），8 期

梅娘：封建家族的衰亡与女儿身世的凄凉　唐旭君，中国现代女性作家创作论，
　　　　　　　　　　　　　　　　　　湖南人民出版社

梅娘：悲天悯人的女性关怀　　　　　　樊青美，振翅的蝴蝶
　　　　　　　　　　　　　　　　　　二十世纪中国女作家个案研究，
　　　　　　　　　　　　　　　　　　北京中国文联出版社

梅娘：在苍凉的秋风中绽放　　　　　　刘涵华，一树繁花：女性·新潮散文
　　　　　　　　　　　　　　　　　　研究，郑州中原农民出版社

与张爱玲齐名的四〇年代女作家——梅娘：另眼看作家之十一
　　　　　　　　　　　　　　　　　　蔡登山，全国新书资讯月刊，10 期

梅娘　　　　　　　　　　　　　　　　李彦萍，中国现当代女作家研究，
　　　　　　　　　　　　　　　　　　北京中国文联出版社

梅娘研究述评　　　　　　　　　　　　胡娟，文教资料，34 期

2008 年

从经验世界到文学世界——创伤记忆与梅娘的小说创作
　　　　　　　　　屈雅红，南京理工大学学报（社会科学版），1 期

梅娘小说女性意识的呈现　　傅可，继续教育研究，1 期

梅娘小说　　　　　　　　　熊依洪，现代文学大观，北京燕山出版社

寻访梅娘　　　　　　　　　刘守华，走向深处 全国职工文学创作优秀作品集
　　　　　　　　　　　　　2007 卷，拉萨西藏人民出版社

负重的飞翔——读梅娘及其水族系列小说
　　　　　　　　　吴双芹，和田师范专科学校学报，2 期

人性的呼唤：梅娘水族系列小说笔下女性的命运
　　　　　　　　　严雷，长春师范学院学报：人文社科版，2 期

梅娘小说中的男性形象分析　逯艳，淄博师专学报，3 期

敢问路在何方：论梅娘小说的女性意识
　　　　　　　　　向叶平，铜陵学院学报，3 期

流寓华北的东北作家的"满洲想像"：以《青年文化》杂志"华北文艺特辑"为中心
　　　　　　　　　刘晓丽，上海师范大学学报：哲学社会科学版，3 期

试论梅娘小说中的女性世界　周伟华，电影文学，4 期

谈"南玲北梅"中的"梅"　厉向君，山东电大学报，4 期

梅娘水族小说的审美意蕴　万志全，名作欣赏，4 期

从底层书写到性别话语——梅娘在东北沦陷区小说创作钩沉
　　　　　　　　　包学菊，社会科学论坛（学术研究卷），5 期

梅娘小说《鱼》的男权依赖意识批判　　刘慧慧，语文学刊，5 期

梅娘：爱的执著与孤独　　包学菊，文艺争鸣，5 期

试比较张爱玲与梅娘小说的写作观念　　　　孙霖，商情（财经研究），6 期

复调艺术中的女性意识：浅析梅娘的小说《动手术之前》

　　　　　　　　　　　　　　　王茜，群文天地，12 期

偶然与必然——论梅娘的婚姻爱情小说　　　董俊，名作欣赏，14 期

2009 年

与张爱玲齐名的"神秘"女作家——来自幻影的博客　　　都市女报，2 月 25 日

沦陷区青年知识女性生存状态的多样展示：梅娘小说与苏青小说研究

　　　　　　　　　　　　　　　陈洪英，康定民族师范高等专科学校学报，
　　　　　　　　　　　　　　　3 期

梅娘对夏目漱石的借鉴与超越　　　黎跃进、刘静，中国文学研究，4 期

重塑四角的天空："家"在梅娘小说中的再现

　　　　　　　　　　　　　　　李珂玮，边疆经济与文化，4 期

自我的丧失——试论《蚌》中女性形象的悲剧命运

　　　　　　　　　　　　　　　夏正娟，齐齐哈尔师范高等专科学校学报，
　　　　　　　　　　　　　　　6 期

自嘲为"泡沫"的名作家梅娘　　　丰绍棠，傻也风雅 上，广西师范大学出版社

梅娘　　　　　　　　　　　　　张根全，中国美术家人名辞典：增补本，
　　　　　　　　　　　　　　　杭州西泠印社出版社

评《蟹》中女性意识的得与失　　　张纯辉，长城，10 期

梅娘小说创作与日本文化的渊源　　　张莹，语文学刊，23 期

2010 年

从爱情启蒙到梦醒后的绝望看女性的悲剧命运
　　　　　　　　　　　　柴旭健、李向东、花萌，西安外国语大学学报，1 期

沦陷时期梅娘的女性写作　　卢云峰，辽宁广播电视大学学报，1 期

历史记忆与解殖叙事：重回梅娘作品版本的历史现场
　　　　　　　　　　　　王劲松、蒋承勇，文学评论，1 期

梅娘：蔷薇曾经绽放　　　林芷，成都日报，2 月 1 日

梅娘，被历史淡忘的女作家　孙萍萍，西安晚报，3 月 7 日

故事以外的意义：梅娘通过《小妇人》对常态生活下两性关系的前瞻性思考
　　　　　　　　　　　　刘爱华，吉林省教育学院学报，8 期

"南玲北梅"话梅娘　　　　张贤达，长春晚报，12 月 22 日

梅娘，长春有个家——祝贺长春籍著名作家梅娘诞辰 90 周年
　　　　　　　　　　　　张贤达，长春晚报，12 月 22 日

梅娘：与张爱玲并称，只是流言与长春血脉相连，只恨短暂
　　　　　　　　　　　　尹丛丛，城市晚报，12 月 24 日

女性启蒙精神的延展：论梅娘女性意识的形成
　　　　　　　　　　　　肖振宇，名作欣赏，15 期

论梅娘小说中女性出走现象　黄巧，魅力中国，23 期

2011 年

母爱缺失对梅娘小说创作的影响　　张梅，安徽警官职业学院学报，1 期

经验处理与小说文体建构：梅娘小说叙事探析

张慎，山西大同大学学报，2 期

梅娘小说中的自我镜像　　　　　　杜宇，剑南文学·经典阅读，3 期

试论梅娘小说中的女性意识　　　　龙澹宁，哈尔滨学院学报，7 期

困境、抗争、自审：梅娘小说女性意识解读

王颖、冯永朝，名作欣赏，8 期

张爱玲、苏青、梅娘的小说

张志忠，中国现代文学专题研究，

北京中央广播电视大学出版社

浅论梅娘作品中潜期行的民族意识　王慧，文教资料，10C 期

女性的觉醒、挣扎与困惑——论丁玲的《阿毛姑娘》和梅娘的《鱼》

何江凤，荆楚理工学院学报，12 期

《艺文指导纲要》出笼到抗日战争结束时期梅娘的创作

尹伟霞，华章，26 期

通往心灵殿堂的朝圣之路——梅娘及其小说解读

冯晓青，名作欣赏，26 期

2012 年

2013 年

历史书写遭遇文学记忆——以从文 80 载的抗战时期沦陷区女作家梅娘为例

张 泉，抗战文化研究，7 辑

梅娘作品女性意识先锋性初探　谢青，现代妇女（下旬），2 期

梅娘逝世　　　　　　　　　　新文学史料，3 期

思念无法投递：孙晓野与梅娘　陈言，新文学史料，4 期

缅怀与梅娘交往的日子　　　　[日] 大久保明男，新文学史料，4 期

从文 80 载的梅娘和成为研究对象的梅娘

张泉，上海大学学报，4 期

苏青、梅娘：《结婚十年》、"水族系列小说"，

教育部中文学科教学指导委员会组编、丁帆主编，

中国新文学史 上，北京高等教育出版社

92 岁女作家梅娘病逝 成名比张爱玲还早 晚年复出文坛引关注

张弘，新京报，5 月 8 日

著名作家梅娘辞世享年 92 岁——上世纪 40 年代与张爱玲齐名有"南玲北梅"之誉

陈梦溪，北京晚报，5 月 8 日

著名女作家梅娘病逝　　　　　长春晚报，5 月 9 日

梅娘——"与张爱玲同时代的不著名女作家"，2013 年 5 月 7 日在北京去世，享
年 93 岁　　　　　　　　　　韦泱，东方早报，5 月 9 日

老作家梅娘去世　　　　　　　张杰，华西都市报，5 月 9 日

悼念梅娘：民国身影的消失　　李大超，新京报，5 月 9 日

梅娘远行今日送别　　　　　　田婉婷，法制晚报，5 月 9 日

92 岁作家梅娘病逝曾与张爱玲齐名？——学者称"南玲北梅"说法是杜撰

　　　　　　　　　　　辽沈晚报，5 月 10 日

92 岁作家梅娘病逝 曾与张爱玲并称"南张北梅"

　　　　　　　　　　　北方新报，5 月 10 日

著名女作家梅娘去世——曾与张爱玲齐名

　　　　　　　　　　　合肥晚报，5 月 10 日

作家梅娘去世享年 92 岁　　　京华时报，5 月 10 日

与张爱玲齐名的作家梅娘 7 日辞世——当时有"南玲北梅"之誉　她曾在长春生活
10 余年　　　　　　　　　毕继红，新文化报，5 月 10 日

梅娘：独自歌唱的奇女子　　　赵玙，光明日报，5 月 10 日

青空悠悠梅香淡淡——悼念作家梅娘　　张林，吉林日报，5 月 10 日

梅娘首部作品曾让长春"洛阳纸贵"　东亚经贸新闻，5 月 12 日

梅娘——一个多灾多难的母亲　　新文化报，5 月 12 日

梅娘和张爱玲的三次"交往"　　荣挺进，中国科学报，5 月 17 日

梅娘：燃尽微光送走生命　　　陈梦溪，羊城晚报，5 月 19 日

梅娘：一个时代的代表作家谢幕　张泉，人民政协报，5 月 20 日

梅娘，最后的梅影　　　　　　关捷，兰州日报，5 月 23 日

梅娘 沦陷时期长春作家，伪满洲国亲历者，不该被遗忘的一群人

　　　　　　　　　　　陈锐，悦读，5 月 30 日

美丽的、珍贵的生命不能如此在历史中沉寂——纪念母亲梅娘、父亲柳龙光，

　　　　　　　　　　　柳青，环球华报，6 月 7 日

忆起果园里的梅娘　　　　　　张翎，北京晚报，6 月 8 日

"那个低眉顺眼的女孩不是我"　侯宇燕，北京晚报，6 月 8 日

天堂梅娘阿姨启　　　　　　　　　朱红，再见梅娘

不能忘却的感恩——纪念孙嘉瑞老师　窦明亚，再见梅娘

永远之梅娘女士　　　　　　　　　［日］关智英，再见梅娘

可歌可颂的草萤微光——悼梅娘　　顾国华，再见梅娘

走过 1314，一封没有寄出的信　　黄芷渊，再见梅娘

致梅娘奶奶　　　　　　　　　　　黄茵渊，再见梅娘

细叙点滴忆曾经——奶奶与我的一段情缘　田钢，再见梅娘

梅娘与我们家的友谊　　　　　　　丁言昭，再见梅娘

为梅娘奶奶拍照　　　　　　　　　马佳，再见梅娘

楼下的腊梅花又开了——怀念梅娘　傅靖生，再见梅娘

怀念姥姥　　　　　　　　　　　　柳如眉，再见梅娘

向妈妈道声对不起　　　　　　　　柳青，再见梅娘

也说"南玲北梅"　　　　　　　　陈言，东方早报，6 月 8 日

"南玲北梅"之我见——兼回应谢其章之观点

　　　　　　　　　　　　　　　　陈言，中华读书报，6 月 18 日

梅娘：在灰暗的人生里找到光　　　桂杰、孙梅雪，中国青年报，6 月 17 日

人文社出新书纪念梅娘逝世一周年　舒晋瑜，中华读书报，6 月 25 日

不是回应——我为什么质疑"南玲北梅"　谢其章，中华读书报，7 月 2 日

两种人的友谊——记梅娘与赵树理　董大中，中华读书报，7 月 2 日

梅娘对五四女性文学主题的传承　　王紫星，长城，6 期

梅娘水族系列小说中的女性关怀意识　王颖怡，文学教育（上），7 期

梅娘与庐隐笔下女性第三者的比较　杨柳依，神州，15 期

2015 年

一瞬烟火——浅论梅娘作品中的女性意识　　　杨洁，黑河学刊，0 期

战争时期石川达三的创作在中国的流播与变异——兼论梅娘对他的理解与迎拒

　　　　　　　　　　　　　　　　　　　陈言，外国文学评论，2 期

梅娘：一脉文心，续写传奇　　　　　　　　邱丹，鸭绿江（上半月版），3 期

梅娘年谱　　　　　　　　　　　　　　　　鸭绿江，3 期

梅娘在 1942：太平洋战争下的文化触变与认同游移——以她与《妇女杂志》《实报》

的关系考释为中心　　　　　　　　　　　陈言，现代中文学刊，6 期

独白与反讽：梅娘小说创作的叙事策略　　　王金元，兰州学刊，11 期

遗失的珍珠——浅析梅娘长篇译著《母系家族》

　　　　　　　　　　　　　　　　　　　王文兴、王也，才智，22 期

梅娘的中篇小说《蟹》的叙事艺术　　　　　蒋尧尧，芒种，23 期

个体经验对小说叙事的影响——以梅娘水族系列为分析对象

　　　　　　　　　　　　　　　　　　　李令一，名作欣赏，24 期

被遗忘的伪满洲国文坛——"华北满洲作家群"之梅娘创作谈

　　　　　　　　　　　　　　　　　　　陈霞，名作欣赏，35 期

2016 年

与张爱玲齐名的作家梅娘为何被遗忘了近半个世纪

赵景雪，都市女报，1 月 22 日

近代殖民语境与梅娘的家族传奇，

陈言，忽值山河改：战时下的文化触变与异质文化
中间人的见证叙事（1931~1945）

"满洲国"中国文学的艰难萌芽于主体之争

陈言，忽值山河改：战时下的文化触变与异质文化
中间人的见证叙事（1931~1945）

以梅娘、柳龙光为中心的"读书会"及其跨语际实践

陈言，忽值山河改：战时下的文化触变与异质文化
中间人的见证叙事（1931~1945）

殖民叙事、满洲形象与梅娘的译介策略——兼谈"满洲国"中国作家的"满洲"意识，

陈言，忽值山河改：战时下的文化触变与异质文化
中间人的见证叙事（1931~1945）

梅娘、柳龙光与"满洲国"文坛——兼谈"文丛派""文选派"与"艺文志派"的对峙

陈言，忽值山河改：战时下的文化触变与异质文化
中间人的见证叙事（1931~1945）

历史在场：殖民地的日常体验——兼谈梅娘作品的改写及由此产生的问题

陈言，忽值山河改：战时下的文化触变与异质文化
中间人的见证叙事（1931~1945）

与国民党的一段"亲密"时光：梅娘编辑《第一线》

陈言，忽值山河改：战时下的文化触变与异质文化
中间人的见证叙事（1931~1945）

新中国文学场域初建期的"隐身人"——以与张爱玲、周作人同台出场的梅娘为中心　　　　　庄培蓉，沈阳师范大学学报，5 期

浅谈梅娘研究　　　　　　　侯越琪，青年文学家，35 期

梅娘：没娘　　　　　　魏嘉瓒，张菊华 美名：现代名人名字趣谈 上　　　　　　　　　　上海：文汇出版社,12 月

2017 年

聊以悼念梅娘　　　　　　陈学勇，故纸札记，长沙湖南大学出版社

梅娘　　　　　　　　　　黄静等，二十世纪中国女性文学研究，　　　　　　　　　　芜湖安徽师范大学出版社

"超然派"的足迹——梅娘小说创作漫评　　　　　　　　　　胡凌芝，学步集，上海人民出版社

难忘梅娘　　　　　　　　邢小群，燕山札记，太原北岳文艺出版社

谈梅娘　　　　　　　　　李正中，浅梦抄，沈阳辽海出版社

与殖民相关的四个共时历时差异维度描述——东亚日据区文学艺术研究的一种宏观方法　　　　　　张泉，创伤——东亚殖民主义与文学，上海三联书店

"在满"中国人作家的日译作品目录，（日）冈田英树，创伤——东亚殖民主义与文学　　　　　　上海三联书店

柳龙光报刊生涯考察——以《盛京时报》《大同报》为主　　　　　　　　　　蒋蕾，创伤——东亚殖民主义与文学，上海三联书店

20 世纪 50 年代梅娘作品修改研究　　庄培蓉，创伤——东亚殖民主义与文学　　　　　　　　　　上海三联书店

梅娘与赵树理　　　　　　杨栋，梨花楼书事，太原北岳文艺出版社

中国沦陷区文艺研究的方法问题——以杜赞奇的"满洲国"想象为中心

                张泉，探索与争鸣，1 期

"恩怨相叠"：半殖民与解殖民视野下梅娘的女性写作

                马兵，山东社会科学，3 期

国家出版基金资助项目——"伪满时期文学资料整理与研究"丛书

                詹丽，沈阳师范大学学报，3 期

吴瑛与第一次"东亚操觚者大会"——以《东游后记》为中心

                李冉，新文学史料，3 期

东北沦陷区离散的青年作家考　张泉，新文学史料，4 期

梅娘 于心无愧，青春无悔　　　翟永存，中国老年，18 期

高深——描写现实的作家　　　李启慧，青年文学家，26 期

"阪急电车"中的时空错置——论梅娘小说《侨民》的两个版本

                王晴，中国现代文学研究丛刊，12 期

2018 年

婚姻仍需解放：梅娘　　　　　谭光辉，中国百年流行小说 1900-2010 上，
                北京商务印书馆

边缘中的定位：论梅娘小说中反传统的叙事特色

                王心缘，安徽文学（下半月），3 期

文学"统战"与当代文学在新中国的重建——以《亦报》场域中的"沦陷区三家"

梅娘、周作人、张爱玲为例　　张泉，学术月刊，4 期

梅娘笔下女性现代意识的价值魅力

                汪泽，山东农业大学学报，2 期

2021 年

梅娘文学创作的生命经验与写作姿态　　　　高云球，求是学刊，2 期
一个张爱玲迷的自白　　　　　　　　　　　谢其章，藏书报，9 月 30 日
　　　　　　　　　　　　　　　　　　　　中国作家网（http://www.
　　　　　　　　　　　　　　　　　　　　chinawriter.com.cn）

梅娘水族系列小说中的女性抗争意识探析　　尹晓琳、张嘉怡，新纪实，11 期

2022 年

灰色地带的犹疑与自我超越——论梅娘在北京沦陷区的文学创作及社会活动
　　　　　　　　　　　　　　　　　黄华，郑筠弋，美与时代（下），2 期
"新女性"的迷途：梅娘对东北沦陷区社会的小说叙述 (1936—1945)
　　　　　　　　　　　　　　　　　王晓平，贵州社会科学，6 期
东北首部个人新文学作品集〈小姐集〉的发现——从寻访梅娘佚文的通信看文化
场人情世态　　　　　　　张泉，燕山论丛 2022，燕山大学出版社，2022
静安别墅　　　　　　　　柳青 , 新加坡书写文学 11 期，2022

三、学位论文

1. 硕士学位论文

梅娘小说论　　　　　　　　　　曹丽薇，东北师范大学，1992

历史重建中的迷失——沦陷区作家梅娘研究　　　赵月华，清华大学，2004

战争背景下的女性文学——以沦陷区女性文学为中心

　　　　　　　　　　　　　　　朱念，南京师范大学，　2004

"五四"女性创作参照下的"南玲北梅"　　　李娟，山东师范大学，2005

对民族主义话语与男性话语的疏离与逆反——东北沦陷时期女性写作的另种解读

　　　　　　　　　　　　　　　郑春凤，吉林大学，2005

回忆中追释浪漫，镣铐下吟述真实——试论东北沦陷区女作家创作

　　　　　　　　　　　　　　　李彬，吉林大学，2005

张爱玲与梅娘小说创作比较论　卢芳，辽宁大学，2006

寂寞关外一枝梅——论梅娘小说的精神内蕴　　　张雯虹，吉林大学，2006

梅娘小说创作简论　　　　　　艾春明，东北师范大学，2006

拒斥与认同——析梅娘创作中的两重性　　　　孙慧娟，上海大学，2006

长夜萤火中的生命余温——论梅娘小说的女性意识

　　　　　　　　　　　　　　　王秀艳，东北师范大学，2007

寒夜里的一缕微光——论梅娘小说创作中的男权批判意识

　　　　　　　　　　　　　　　李志伟，河北大学，　2007

梅娘小说论　　　　　　　　　肖艳丽，湖南师范大学，2007

梅娘创作与日本近代作家　　　刘静，湖南大学，2008

梅娘小说创作论　　　　　　　王慧，山东大学，2008

沦陷区青年知识女性的生存状态书写——梅娘小说与苏青小说研究

     陈洪英，重庆师范大学，2008

论梅娘小说中意象的审美意蕴 杨春兰，云南大学，2009

半江瑟瑟半江红——论《源氏物语》对梅娘创作的影响

     任文贤，西南大学，2010

文艺统制与意识突围：沦陷区《中国文艺》杂志研究

     纪春海，沈阳师范大学，2010

走进梅娘的精神世界   周琼，华东师范大学，2011

论梅娘小说女性悲剧之根源 王爱冉，天津师范大学，2011

梅娘小说中的女性形象 张梅，安徽大学，2011

沦陷区背景下的"南玲北梅"研究

     韩辉，西北大学，2011

梅娘小说中的日本人形象 王珏，吉林大学，2011

梅娘小说女性形象研究 黄巧，重庆师范大学，2011

流沙淹没的珍珠——论梅娘小说创作在东北、华北沦陷区的独特价值

     周文彦，华南师范大学，2011

殖民时空中的女性书写——论1940年代华北沦陷区文坛上的梅娘

     林晓文，华南师范大学，2011

华北沦陷区小说作家言说研究 张童，杭州师范大学，2011

梅娘小说人物形象分析 白静，西北师范大学，2012

论梅娘三四十年代小说的日常生活叙事

蔡嘉昕，华中师范大学，2018

抗战时期梅娘的跨语 / 跨域书写（1931-1945）　　何清，华东师范大学，2018

Gendered Literature In Colonized China: A Close Analysis of Mei Niang's Yu, Xie, Bang, Lu Han, University of San Francisco,2018

抗战时期日占区游走书写研究　　　　　　陈怡文，华东师范大学，2020

殖民与疾病　　　　　　　　　　　　　　张宏艺，华东师范大学，2020

东北沦陷区女作家作品中的权力叙事和文学治愈　王雨萌，湖北师范大学，2022

梅娘和崔贞熙小说知识女性形象　　　　　徐静，上海外国语大学，2022

2. 博士学位论文

论战争背景下的 40 年代女性小说	沐金华，南京师范大学，2005
秋水斜阳芳菲度——中国现代女作家传记研究	朱旭晨，复旦大学，2006

殖民异化与文学演进——侵华时期满洲中日女作家比较研究

王劲松, 四川大学，2007

20 世纪中国小说性爱叙事研究	王彦彦，兰州大学，2007
伪满洲国时期东北知识分子的日本认识	傅羽弘，东北师范大学，2008

精神抵抗：东北沦陷区报纸文学副刊的政治身份与文化身份——以《大同报》为样
本的历史考察 蒋蕾，吉林大学，2008

抗战时期东北作家研究（1931-1945）	范庆超，中央民族大学，2011
20 世纪中国文学中的贞节观	程春梅，山东大学，2012
东北沦陷时期文丛派与艺文志派比较研究	王越，东北师范大学，2013
童年经验对现代作家创作的影响及其呈现	翟瑞青，山东大学，2013
梅娘と中国「淪陥区」文学	張欣，東京大学，1999

The Pursuit of Free Love in the Post May Fourth Era: Analysis of Eight Works by Chinese Women Writers of the Period **Muth Haley**, Brandeis University, 2016

Make Love and War: Chinese Popular Romance in "Greater East Asia," 1937-1945 **Lu Chun-Yu**, Washington University, 2016

Manchukuo as Method: Problematizing Nationality in Literature, 1906-1945 **Poland Stephen Frederick**, Yale University, 2016

The Literary Territorialization of Manchuria: Rethinking National and Transnational Literature in East Asia **Xie Miya Qiong**, Harvard University, 2017

沦陷区女性文学叙事研究　　　　　　　　邱田 , 兰州大学 ,2017

Between Sovereignty and Coloniality: Manchukuo Literature and Film. **Chen Yue**, University of Oregon, 2018

At the Crossroads of Japanese Modernism and Colonialism: Architecture and Urban Space in Manchuria, 1900-1945 **Yang Yu**, Columbia University, 2018

Stream of consciousness' and feminist narratives in Republican Chinese women's literature **Liu Yixin**, The University of Edinburgh, 2021

四、日文专著、期刊论文等

1. 研究著作

杉野要吉 [編著]『交争する中国文学と日本文学——淪陥下北京 1937-1945』

三元社、2000.6.15

丸山昇 監修 , 白水紀子 主編『中国現代文学珠玉選：小説 3（女性作家選集）』

二玄社 , 2001.3

植民地文化研究会 編『《満洲国》文化細目』　不二出版 , 2005.6

中見立夫 ほか著 , 藤原書店編集部 編『満洲とは何だったのか 新装版』

藤原書店 , 2006.11

南雲智 編著『中国現代女性作家群像：人間であることを求めて』

論創社 , 2008.7

日外アソシエーツ株式会社 編 , 藤井省三 監修『中国文学研究文献要覧 近現代文学 1978 ～ 2008』　　　　　　　　　　　日外アソシエーツ , 2010.5

貴志俊彦 , 松重充浩 , 松村史紀 編『二〇世紀満洲歴史事典』

吉川弘文館 , 2012.12

張欣 著『越境・離散・女性：境にさまよう中国語圏文学』

法政大学出版局 , 2019.7

石川巧 編著『幻の戦時下文学『月刊毎日』傑作選』

青土社 , 2019.2

2. 期刊论文

藤井省三「読書ノート　南玲北梅」　　　『文学界』47-6、1993-06

釜屋修「中国文学あれこれ (27) 梅娘──その半生・覚え書」

『季刊中国』36. 65-76. 1994-03.

『季刊中国』刊行委員会 .

張欣「梅娘、ある「淪陥区」の女性作家」

『ユリイカ』26(5)(346).268-269.

1994-05. 青土社

中園英助「占領区から中国文学の本流へ還る日──北京、それから上海の作家

たち」　　　　　　　　　　　『文学界』49-3（特集＜"大東亜戦争"

と文学＞）、1995-03

岸陽子「「満州文学」の新しい視覚／梅娘の新しさ」

『地球の一点から』103 号、1998-12

張欣「＜異邦＞のなかの文学者たち (12 完) 梅娘──異邦での文学修行」

『月刊しにか』10(3).102-107.1999-03.

大修館書店 .

張欣「梅娘と「満州」文壇」　　　　『東洋文化研究所紀要』140.452-415.

2000-12. 東京大学東洋文化研究所 .

岸陽子「梅娘の短編小説「僑民」をめぐって」

『中國文學研究』26.115-132.2000-12.

早稲田大學中國文學會 .

張欣「梅娘と「淪陥時期」北京文壇」　『東洋文化研究所紀要』

141.364-325.2001-03. 東京大学東洋文

化研究所 .

張志晶「石川達三『母系家族』試論——比較文学的梅娘論の一階梯として」
『早稲田大学大学院教育学研究科紀要』
別冊 (10-1).1-12.2002. 早稲田大学大学
院教育学研究科 .

岸陽子「「満洲国」の女性作家、梅娘 (メイニャン) を読む」
『環 : 歴史・環境・文明』10（特集＜満
洲とは何だったのか＞）.155-163.2002-
07. 藤原書店 .

張志晶「梅娘「手術を前に考—石川達三『母系家族』との接点」
『比較文学』45.97-110.2003-03-31.
日本比較文学会.

張欣「梅娘小説の世界」 『東洋文化研究所紀要』145.264-
229.2004-03. 東京大学東洋文化研究所 .

岸陽子「もうひとつの『白蘭の歌』——梅娘 (メイニャン) の翻訳をめぐって」
『植民地文化研究 : 資料と分析』3.39-48.
2004-07. 植民地文化研究会 .

石田卓生「梅娘「僑民」「旅」について」
『愛知論叢』77.1-14.2004-10. 愛知大学
大学院院生協議会 .

橋本雄一「ねじ花を食べた梅娘さん——華北淪陥区に注目された作家の東京訪問
と講演」 『中国文芸研究会会報』277 号 .2004-11.

大久保明男「梅娘氏の東京——67 年ぶりの故地再訪を伴にして」
『中国図書』12.1-3.2004-12. 内山書店 .

山口守「植民地・占領地の日本語文学—台湾・満州・中国の二重言語作家」
『岩波講座「帝国」日本の学知』5.9-60.
2006-06-27.

張志晶「梅娘と『婦女雑誌』」　　　　『東アジア比較文化研究』5.106-117.
　　　　　　　　　　　　　　　　　2006-08. 東アジア比較文化国際会議日
　　　　　　　　　　　　　　　　　本支部 .

張泉 [著]，橋本雄一 [譯]「南玲北梅」（南の張愛玲、北の梅娘）について──
併せて「オーラル・ヒストリー」にどう対すべきか」
　　　　　　　　　　　　　　　　　『中国東北文化研究の広場』（「満洲国」
　　　　　　　　　　　　　　　　　文学研究会）、第 1 号、2007-09

張志晶「梅娘と『白蘭の歌』」　　　　『東アジア比較文化研究 』7.118-129.
　　　　　　　　　　　　　　　　　2008-06. 東アジア比較文化国際会議
　　　　　　　　　　　　　　　　　日本支部 .

南雲智「梅娘の再出発」『中国現代女性作家群像──人間であることを求めて』.
　　　　　　　　　　　　　　　　　論創社 .2008-07

栗山千香子「梅娘 (Mei niang) 試論」.　中央大学人文科学研究所 編『現代中国
　　　　　　　　　　　　　　　　　文化の光芒』中央大学出版部 , 2010.3
　　　　　　　　　　　　　　　　　所収

濱田麻矢「三人の越境する女たち」　　王徳威・廖炳惠・松浦恒雄・安部悟・
　　　　　　　　　　　　　　　　　黄英哲 [編]『帝国主義と文学』研文出
　　　　　　　　　　　　　　　　　版 .2010.7.16.pp157-181

南雲智「< 満州作家 > 梅娘の場合──作品書き換えを論ず」
　　　　　　　　　　　　　　　　　『植民地文化研究 : 資料と分析』10. 16-
　　　　　　　　　　　　　　　　　27. 2011-07. 植民地文化学会.

栗山千香子「H・海塞作／梅娘訳「奇妙的故事」および魯風訳「詩人」に関する
覚書 (研究ノート)」　　　　　　　『お茶の水女子大学中国文学会報』
　　　　　　　　　　　　　　　　　30. 141-149. 2011-04. お茶の水女子
　　　　　　　　　　　　　　　　　大学中国文学会.

佐藤華織「異民・異郷・異心…たとえばムクゲと牡丹の差異:今村栄治『同行者』
と梅娘『僑民』を例に」 　　　　　　　『東亜問題フォーラム』1(2). 41-62.
　　　　　　　　　　　　　　　　　　2011-10. 東京東洋文化研究會.

羽田朝子「梅娘ら『華文大阪毎日』同人たちの「読書会」:満洲国時期東北作家
の日本における翻訳活動」 　　　　　『現代中国:研究年報』86. 81-93.
　　　　　　　　　　　　　　　　　　2012-09. 日本現代中国学会.

岸陽子「追悼梅娘」 　　　　　　　　『植民地文化研究:資料と分析』12. 79-
　　　　　　　　　　　　　　　　　　81. 2013-07. 植民地文化学会.

羽田朝子「梅娘ら満洲国作家たちの日本における海外文学紹介:『大同報』「海
外文学頁」を中心に」 　　　　　　　『叙説』41. 53-68. 2014-03-07. 奈良
　　　　　　　　　　　　　　　　　　女子大学日本アジア言語文化学会.

羽田朝子「梅娘の日本滞在期と『大同報』文藝欄―小説「女難」と梅娘の描く日本」
　　　　　　　　　　　　　　　　　　『中国21』43. 189-206.2015-08-20.
　　　　　　　　　　　　　　　　　　愛知大学現代中国学会.

羽田朝子「梅娘の描く「日本」:昭和モダニズムの光芒のなかで」
　　　　　　　　　　　　　　　　　　『日本中國學會報』69.288-303.2017.
　　　　　　　　　　　　　　　　　　日本中國學會.

羽田朝子「『婦女雑誌』にみえる梅娘の女性観:近代的主婦像と「国民の母」」
　　　　　　　　　　　　　　　　　　『現代中国』92. 93-105. 2018.
　　　　　　　　　　　　　　　　　　日本現代中国学会.

羽田朝子「梅娘の女性観にみえる戦前・戦後の連続性:近代主婦像の受容と展開」
　　　　　　　　　　　　　　　　　　『叙説』49. 1-15. 2022-03-06. 奈良
　　　　　　　　　　　　　　　　　　女子大学日本アジア言語文化学会.

3. 研究项目

羽田朝子 .「「満洲国」中国人作家の日本における文学経験――女性作家・梅娘
を中心に」.　　　　　　　　　　　　2014-04-01 〜 2018-03-31. 秋田大学.

羽田朝子 .「日本占領地における中国知識人の「抵抗」と「協力」の交錯――女
性作家・梅娘を中心に」.　　　　　　　2018-04-01 〜 2022-03-31. 秋田大学.

羽田朝子 .「日本占領地の中国人作家の自伝文学にみるナショナル・アイデンテ
ィティ」.　　　　　　　　　　　　　2022-04-01 〜 2026-03-31. 秋田大学.

4. 日文译文

梅娘　尾崎文昭「異郷の人」『中国現代文学珠玉選・小説3　女性作家選集』
二玄社、2001-03

梅娘　張志晶、小林基起「小説・手術を前に」、杉野要吉 [編著]『交争する中
国文学と日本文学——淪陥下北京 1937-1945』

三元社、2000.6.15

梅娘　岸陽子「「満洲国」時代の中国人作家の創作 (11) 僑民」
『植民地文化研究 : 資料と分析』13. 95-
102. 2014-07. 植民地文化学会.

梅娘　羽田朝子「「満洲国」時代の中国人作家の創作 (14) 女難」
『植民地文化研究 : 資料と分析』17. 108-
113. 2018-07. 植民地文化学会.

五、英文专著、期刊论文

Unwelcome Muse:Chinese Literature in Shanghai and Peking,1937~1945 **Edward M. Gunn**, NewYork: Columbia University Press, 1980

"Only Women can Change this World into Heaven": Mei Niang,Male Chauvinist Society, and the Japanese Cultural Agenda in North China, 1939–1941 **Smith Norman**, Modern Asian Studies 40.1, (February 2006): 81-107.

Narrating Oppressions Against the Chinese "New Woman" : Mei Niang on Japanese Colonial Domination **Xiaoping Wang**, Asian Journal of Women's Studies, *Volume* 18.2, (2012):95-118, 129.

Writing Women in Northeastern China: Melancholic Narrative in Mei Niang's Short Stories **Guo Li**, Frontiers of Literary Studies in China 8, (February 2014): 52-77.

Articulating the (Dis) Enchantment of Colonial Modernity: Mei Niang's Representation of the Predicament of Chinese New Women **Xiaoping Wang**, Tulsa Studies in Women's Literature 34, (Fall 2015):333-353.

"The North has Mei Niang." In David Wang Der-Wei, ed. Norman Smith, A New Literary History of Modern China. Cambridge: Harvard University Press, 2017, 506-511.

The North Has Mei Niang **Smith Norman**, A New Literary History of Modern China Harvard University Press, (2018) :506-511.

Aborted Dreams of "New Women": Xiao Hong and Mei Niang **Xiaoping Wang**, Contending for the "Chinese Modern", BRILL, (2019) : 134-194.

Searching for Memories of Colonial Literature in Modern History——Centring Mei Niang's Border and Generational Crossings Zhang Quan, **Annika Culver** and **Norman Smith**, ed., Manchukuo Perspectives: Transnational Approaches to Literary Production. Hong Kong University Press, 2019.

Manchukuo Melancholy, **Smith Norman,** Manchukuo Perspectives: Transnational Approaches to Literary Production, (2019): 120.

Chapter 1 Aborted Dreams of "New Women": Xiao Hong and Mei Niang In: Contending for the "Chinese Modern", Author: Xiaoping Wang, 2019, Chapter Pages: 134–194 DOI: https://doi.org/10.1163/9789004398634_004

Multiethnicity and Multilingualism in the Minor Literature of Manchukuo **Chen Yue,** positions Asia critique 28.2, (2020): 341-362.

Beyond "Good Wives and Wise Mothers": Feminism as Anticolonialism in Manchukuo Schools, **Wang Wenwen,** Twentieth-Century China 45.3, (2020): 285-307.

Empire of texts in motion: Chinese, Korean, and Taiwanese transculturations of Japanese literature, **Thornber Karen Laura,** BRILL, 26 Otc 2020.

Collaborating with Japanese in Making Entertainment Movies for Chinese Viewers: Chinese Filmmakers at Manchurian Film Association, **Ma Yuxin,** The Chinese Historical Review 27.2, (2020): 119-145.

Manchukuo Revisited: Transnational Culture and Radical Politics, **Zatsepine Victor,** The Journal of Asian Studies 80.1, (2021): 246-249.

"Open Letters from Women Writers of Manchukuo: Mei Niang and Wu Ying, Jia Ren to Yang Xu." In Henshaw, Jonathan, Craig Smith, and Norman Smith, eds. Translating the Occupation: The Japanese Invasion of China, 1931-45. Vancouver: UBC Press, 2021, 115-127.

六、韩文期刊论文、译文

1. 期刊论文

최은정，「论中国现代女作家作品中的女性性爱意识」，『중국어문학지』，2001，425 쪽 -446 쪽 .[1]

（崔银晶，论中国现代女作家作品中的女性性爱意识，中国语文学志，2001 年，425 页 -446 页。）

김은희 ,「1940 년대 女性小說의 一面 - 梅娘의 작품을 중심으로」，『중국인문학회 학술대회 발표논문집』，2004.11，1 쪽 -13 쪽 .

（金银姬 ,20 世纪 40 年代女性小说的一面 - 以梅娘的作品为中心，中国人文学会学术会议论文集，2004 年 11 月，1 页 -13 页。）

최은정，「한중 현대여성서사에서 나타나는 '광기' - 백신애의 '광인수기' 와 메이냥 (梅娘) 의 '수술하기 전' 비교 고찰을 중심으로」，『비교문화연구』19 권，2010，181 쪽 -204 쪽 .

（崔银晶，韩中现代女性叙事中的 "狂气" - 白信爱《狂人手记》与梅娘《动手术之前》的比较为中心，比较文化研究第 19 卷，2010 年，181 页 -204 页。）

박재우，「反思、认同、嫌恶 - 日帝下留韩、留日的中国文人对韩国人、韩国文化的三种视线」，『중국어문논역총간』，2011,243 쪽 -261 쪽 .[2]

（朴宰雨，反思、认同、嫌恶 - 日帝下留韩、留日的中国文人对韩国人、韩国文化的三种视线 , 中国语文论译丛刊 ,2011 年 1 月 ,243 页 -261 页。）

정겨울，「메이냥 (梅娘) 소설 속 모성 인식에 대한 고찰—'게'，'난쟁이'，'수술하기 전' 을 중심으로」，『한국중국언어문화연구』，2021，273 쪽 -301 쪽 .

---

① 该文献书写语言为简体中文。
② 该文献书写语言为简体中文。

（Jung Gyeoul, 探析梅娘小说中对母爱的认识 -《蟹》、《侏儒》、《动手术之前》为中心，韩中语言文化研究，2021 年 1 月，273 页 -301 页。）

2. 韩文译文

메이냥 (梅娘)，「교민（侨民）」，김재용 편『만주국 속의 동아시아 문학』，소명출판，2018.

（梅娘，《侨民》，金在湧编《'满洲国' 里的东亚文学》，somyong 出版，2018 年。）

七、网络视频及链接

梅娘回忆一生写作历程   新浪视频 2006 年 4 月 3 日

民国的身影——揭秘梅娘   CCTV-10（子午书简）2010 年第 21、
22 期 2010 年 1 月 20、22 日

梅娘（孙嘉瑞）网络灵堂   http://sunjiarui.netor.com/

"Mei Niang and Manchukuo Literature" for Modern Chinese Literature
Video Lecture Series. 2020. at:https://cdnapisec.kaltura.com/html5/
html5lib/v2.83.2/mwEmbedFrame.php/p/2010292/uiconf_id/200/entry_
id/1_mjffa9j6?wid=_2010292&iframeembed=true&playerId=kaltura_
player&entry_id=1_mjffa9j6&&wid=1_bob2md2i